FELIPE MONTENEGRO

KLAS ROLAND
Y la búsqueda del propósito

Una novela para los que desean disfrutar de su máximo potencial…
Si tú eres uno de esos exploradores, esta novela es para ti…

PREFACIO.

"Cuando no somos capaces de cambiar una situación, estamos ante el desafío de cambiarnos a nosotros mismos".
Viktor Frankl (1905-1997). Neurólogo y psiquiatra austriaco.

Siempre me ha fascinado conectar, conocer a cada persona y darme cuenta que todos son mejores a los demás en algo. Estas aquí por saber cuál es tu potencial… Sientes que hay algo más dentro de ti, y has venido aquí buscando formas de descubrirlo y entregarlo al mundo. En el fondo, sabes que tienes un potencial mayor de lo que la sociedad ha dicho que eres o que te dijeron que fueras por dogma. Este libro es una explicación a esta afirmación con relación a la búsqueda de las herramientas para desarrollar nuestro potencial humano y los bloqueos que existen detrás de nuestros límites invisibles. Lo he escrito con la convicción de haberlo experimentado conmigo mismo en varias oportunidades y que ningún tema podría ser más apropiado en una época en que la vida humana, posee recursos como nunca antes pero nos hace sentir que es cuando más carecemos. Sostengo que ocupar nuestro real potencial es la llave para abrir e imaginar un nuevo mundo, plasmado de valor y energía. Esto se empieza a parecer a un mundo mágico, pero a la vez posible. Klas Roland los llevara a un mundo sorprendente, pues el lector se encontrará con frecuencia en un mundo surreal en el que el orden normal de las cosas parece completamente invertido y el tiempo carece de importancia, pero todo es real. Quien haya leído algún libro mío anterior, como Felicidad en Piloto Automático, encontrará en Klas Roland cosas que parecen estar en contradicción con algunas de mis afirmaciones previas. Sin embargo, esto es sólo cierto en aspectos menores, pues he descubierto tras estudio y experimentación que la esencia de lo que trataba de decir en aquel libro carecía de una parte primaria relevante; había dejado de lado una parte critica para una transformación real y duradera. *Para lograr un verdadero cambio no basta con querer.* En este libro me propongo entregar la importancia del propósito, neurociencia y energía como pilares centrales para un cambio real y duradero.

2

El espíritu de esta obra corresponde a entregar que todos los seres humanos poseen una heterogeneidad que los hace únicos, heterogeneidad que permite que seamos personas realmente extraordinarias y de valor. En cierto aspecto nuestra sociedad ha dirigido el valor de las personas hacia puntos convergentes, donde muchas veces algunas personas no tienen cabida o les cuesta mucho adaptarse. Mi propósito, pues, es que todos puedan ser la personas que estaban destinadas a ser, alguien fascinante y atractivo. Me es muy grato reconocer que la preparación de este libro ha sido posible gracias a la generosidad y apoyo incondicional de mis amigos, compañeros de estudio y de experimentos, Miguel Lopez de Silanes ,Manuel Fruns, Juan Ignacio Silva, Janet Spröhnle, Beat Paoletto, Ignacio Fuentes y Gonzalo Iglesias, siendo Gonzalo el promotor de poder vencer mis limites invisibles, llevar mi capacidad al límite y comprender que es necesaria una mística para entregar valor a la vida… y Miguel, quien siempre ha soñado en un mundo donde las personas pueden tener su máximo potencial y me apoyado siempre a creer. En el periodo de poder terminar el unir estas letras, llego al mundo nuestro primer bebe Mariana, que ha sido el pegamento a la vida más hermoso junto a su mama Michelle. Finalmente, agradezco a una guía de mi vida, mi madre Ana Rosa, que me ha impulsado a creer, ser y amar. Estoy agradecido por cada momento, y mientras permanezca en este planeta quiero demostrar que todos poseemos un tesoro único dentro de nosotros. Ese tesoro es nuestra capacidad de alcanzar nuestro máximo potencial…

Quiero ayudarte a descubrir tus genialidades y demostrarte que en tu ser hay una oportunidad única. La transformación y el enriquecimiento de tu vida están frente a ti y tienes la opción de tomarlos. La historia de Klas Roland te entregará diversas claves a través de sus experiencias, conocimientos y su gran viaje.

¿Qué hay de importante en este libro? ¿Qué es exactamente el éxito natural y qué tipo de vida ganamos con él? A continuación, están todas las respuestas…

Santiago de Chile 2017 - FELIPE MONTENEGRO POHLHAMMER

Capítulo 1
INCENDIO EN LA MANSIÓN

Amanecía en la ciudad de Nueva York... Por una -de las ventanas del Hospital Monte Sinaí de Manhattan penetraron los primeros rayos de sol que dieron sobre los pies de la cama donde yacía un hombre de unos cuarenta y cinco años, profundamente dormido. Mientras disfrutaba de la grata sensación de placidez en los brazos de Morfeo, un sonido inesperado despertó su consciencia... Lentamente abrió los ojos y descubrió que la voz provenía de una pequeña pantalla de televisión empotrada en la pared.

-Interrumpimos este programa para informar que el empresario Klas Roland se encuentra fuera de peligro –decía el locutor con un respaldo de sonidos musicales inquietantes-. Hace dos días, una catástrofe sacudió al mundo financiero cuando un voraz incendio destruyó la mansión del prominente empresario. La espectacular propiedad, avaluada en más de diez millones de dólares, estaba ubicada a orillas del mar en un exclusivo sector de la costa Jamaica Bay y quedó totalmente destruida por las llamas.

Mirando a su alrededor con extrañeza, el hombre se dio cuenta de que su mente estaba en blanco... ¿Qué había ocurrido? ¿Por qué se encontraba en ese lugar? ¿En una cama de hospital?

-...fundador de Roland Corporation –seguía explicando el locutor-, una de las compañías de información financiera más prestigiosa de Wall Street. Su fortuna la hizo en pocos años dando a conocer las oportunidades que ofrecen las entidades más cotizadas en la bolsa de valores de Nueva York.

La cámara enfocó la imagen de una espectacular mansión, dando paso a un lugar convertido en escombros... Todo negro, oscuro, sin sentido para el hombre que yacía sobre el catre clínico...

En la pantalla apareció el jefe del Departamento de Bomberos de Nueva York, explicando cómo habían rescatado al empresario...

-Encontramos a míster Roland inconsciente en la entrada de su casa –especificó-. Creemos que se golpeó cabeza al tropezar y caer sobre las baldosas... El fiscal Robert Ken está a cargo de la investigación para establecer las causas del siniestro, que hasta el momento se desconocen por completo.

La imagen de Klas Roland ocupó la amplia pantalla. Frente a la cama, en una pequeña mesa bajo el televisor, sonó un celular. Medio mareado el hombre se levantó a recogerlo. Sin saber si era suyo vio que anunciaba "Patrick abogado"… y contestó…

-¿Quién es? –murmuró-. ¿Qué está pasando?

-Soy yo, Patrick…

El hombre observó la imagen de la TV y luego se vio reflejado en un espejo sobre la mesita. Sobresaltado pensó que estaba alucinando…

Las imágenes del espejo y de la televisión eran de la misma persona, salvo que uno era un empresario elegantemente vestido y el otro un enfermo cubierto por una bata blanca de hospital…

-No puede ser –exclamó angustiado el hombre real frente al de la pantalla. Se refregó los ojos con la mano derecha mientras la izquierda sostenía el celular-. ¿Qué demonios ocurre? ¿Dónde estoy? Yo no puedo ser esa persona… ¿Qué está pasando? ¿Quién es usted?

-Soy tu abogado Klas, estoy llegando al hospital –le respondió el que dijo ser Patrick, quien escuchó sus últimas palabras-. No te levantes, en unos diez minutos estaré por allá…

Con un escalofrío de temor, el hombre sintió que alguien lo había lanzado con una catapulta hacia el interior de un sueño surrealista. Respiró profundamente y trató de frenar su corazón.

Cerró los ojos y se quedó medio dormido… Cuando un joven rubio de unos 28 años, alto, de ojos azules, rasgos clásicos tipo escultura griega y amable sonrisa entró en el cuarto, el hombre recuperó la conciencia y supuso que era Patrick. El televisor frente a su cama seguía transmitiendo.

-Hola Klas –murmuró el recién llegado acercándose preocupado-. ¿Cómo te sientes? Soy tu abogado… y tu amigo…

Se notaba que Patrick era un hombre seguro de sí mismo, un poco vanidoso aunque buena persona, y feliz de ver vivo a Klas…

-No recuerdo absolutamente nada –murmuró el hombre-. No sé quién soy… aunque según el periodista de la televisión me llamo Klas Roland y soy un magnate… ¿Tú eres mi abogado? ¿Tan joven?

-Sí, tan joven –murmuró Patrick pacientemente-. Me elegiste justamente por mi capacidad y mi juventud. Asegurabas que me parecía a ti cuando tenías mi edad, por mi empuje y mi entusiasmo por alcanzar el éxito. Klas, siento mucho lo que te está pasando. El doctor Martínez ya me explicó que cuando llegaste al hospital te hicieron unas preguntas y que no supiste contestarlas. Me dijo que lo más probable es que sufrieras de amnesia. En unos momentos vendrá a conversar contigo…

-Klas Roland nació en Pleasant Valley –explicaba el periodista en la televisión-, un pueblo ubicado en el condado de Dutchess en el estado de Nueva York, y a los 18 años instaló un negocio con un socio que lo estafó. A los veinte se trasladó a Manhattan a trabajar durante un año como asistente de gerencia en una empresa de seguros, decidido a aprender lo que necesitaba para entrar al mundo de las finanzas. Enseguida viajó a Inglaterra y recorrió Europa ofreciéndose como ayudante en distintas corporaciones que le entregaron el resto de la información que requería para fundar una compañía propia, lo que hizo al volver a Nueva York, partiendo con un pequeño local que a los diez años se había transformado en Roland Corporation, una de las compañías de información financiera más prestigiosa de Wall Street. Klas Roland es soltero y su única familia es su padre, al cual no ve hace más de veinte años…

-Necesito saber qué sucede… -murmuró el hombre tendido en la cama-. Me siento muy mal, estoy mareado… Creo que me voy a desmayar…

Capítulo 2
UNA AVENTURA DESCABELLADA

Cuando desperté, a mi lado había un médico y un poco más alejado se encontraba Patrick, mi supuesto abogado... y amigo... Vagamente recordé que me habían hecho muchas preguntas durante un examen clínico.

-Señor Roland, soy el doctor Martínez. El neurólogo Harald Porter me acaba de entregar los resultados de las pruebas –me informó-. Está bien, no hay daño cerebral, sólo tuvo un TEC... Su problema se centra básicamente en la pérdida del acceso al recuerdo, ya sea desde datos concretos y puntuales, como fechas o nombres, a acontecimientos más generales e incluso a su propia biografía. Está sufriendo una amnesia que esperamos sea momentánea...

-¿Es muy grave, me pueden ayudar?

-Por supuesto que podemos ayudarle. Sin embargo, estamos obligados a esperar un tiempo durante el cual podrá vivir normalmente, porque usted tiene intacta la memoria procesual, gracias a la cual puede desenvolverse en la vida diaria... El doctor Porter considera que poco a poco irá recuperando sus recuerdos y por eso le firmó el alta. Puede irse, pero queremos volver a chequearlo en treinta días para ver cómo ha evolucionado.

-Gracias doctor.

-No haga esfuerzos innecesarios, descanse y relájese –me aconsejó el médico-. Y no se preocupe, en un mes veremos cómo van las cosas...

Enseguida me entregó una receta con el alta y otra para analgésicos por si me dolía la cabeza. Con un apretón de manos se despidió y me dejó solo con Patrick...

-¿Había alguien más en la casa cuando se incendió? –pregunté preocupado...

-No lo sé...

-¿No tengo familia? –interrogué.

-Sólo conozco a tu padre -respondió Patrick-, pero desde hace largo tiempo no tienes mayor contacto con él. Soy tu mano derecha, pero no sé mucho sobre tu vida, salvo lo que concierne a los negocios. No tienes otros amigos y tu máxima preocupación es la empresa Roland Corporation…

-¿De qué conoces a mi padre entonces?

-No podría decir tampoco que lo conozco de verdad, porque nuestra relación es muy esporádica. El se comunica mensualmente conmigo para saber cómo estás. Y cuando se enteró de tu accidente, me llamó y yo le conté que habías perdido la memoria. Estaba muy preocupado y muy ansioso. Una hora después de esa conversación volvió a telefonearme, me indicó que la única forma de superar tu amnesia es viajar al lugar donde están las respuestas y me dio las instrucciones para llegar sin problemas. Yo creo que debes partir rápido, antes de que nos descubra la prensa.

El sonido de las palabras llegó a mis oídos, pasó a mi cerebro y me dejó perplejo…

-¿Pero por qué tanto enredo? ¿Por qué evadir a la prensa? –comencé por interrogar para ver hacia dónde iba toda esta demencia-. ¿De qué me acusan?

-Los periodistas son capaces de armar unos enredos inauditos. Si llegan a entrevistarte sabiendo que has perdido la memoria te pueden complicar bastante la vida. Y en cuanto a lo que podrían acusarte te informo que el fiscal debe investigar si el incendio fue intencional para cobrar el seguro…

Antes de contestar pensé si acaso podría confiar en Patrick… porque estaba claro que me había convertido en un ser humano indefenso, que no recordaba absolutamente nada de su pasado y, por lo tanto, completamente vulnerable a cualquier conspiración. De alguna manera imprecisa sabía que en el siglo XXI todos los seres humanos estábamos insertos en un mundo extraño, que cada día se volvía más amenazante para sus habitantes y que no ofrecía muchas esperanzas de futuro… Eso estaba grabado en alguna parte esencial de mi memoria…

-¡Qué estúpido! Por lo que vi en la televisión, yo no necesito recurrir a esas triquiñuelas para conseguir dinero –reclamé insertándome fácilmente en mi personaje de empresario influyente-. Me cuesta confesar que no tengo la menor idea de lo que está sucediendo…

-Por supuesto que no necesitas recurrir a triquiñuelas para conseguir dinero, porque eres inmensamente rico. Pero no recuerdas nada –me respondió Patrick-, por lo tanto es imprescindible que la ley investigue que no haya habido nadie más en la casa y cómo se produjo el fuego. Pero esa es otra historia. Ahora preocupémonos de seguir las instrucciones de tu padre. Fue muy claro y taxativo al decirme que debes hacerle caso si quieres recuperar tu identidad.

Enseguida, Patrick llamó a una enfermera y le pidió que me ayudara a vestirme. Yo no opuse resistencia… Cuando estuve listo me entregó un maletín del cual sacó una foto en blanco y negro de un anciano de pelo blanco y amplia sonrisa…

-¿Quién es? –le pregunté.

-Tu abuelo Hugo… Tu padre me dijo que es importante que lo reconozcas…

-¡Qué extraño!

-En el maletín también hay un papel en blanco con una cruz –me advirtió Patrick-. Tu papá dijo que lo guardes porque es fundamental y que vas a saber de qué se trata cuando llegue el momento de usarlo. En una libreta está la dirección del lugar hacia donde te diriges. Tu padre me advirtió que no preguntes nada, pero que entenderás todo al final del camino. Insistió varias veces en que es la única forma para que descubras quién eres realmente.

-¿Estás seguro de lo que estamos haciendo? –le pregunté confundido y ansioso.

-Por supuesto que sí –me respondló con certeza-. ¿Sabes por qué tu padre te está ayudando?

-No –respondí.

-Porque cree que la vida te está dando una segunda oportunidad –me explicó afectuosamente-. Todos merecemos otra chance sin importar nuestros errores.

Hizo una pausa y me miró seriamente…

-A tu padre le preocupaba que te fueras a morir sin reparar tus equivocaciones, sin cambiar tu forma de vida. A su juicio, es tremendamente insana –enfatizó-. El se siente responsable de lo que te está ocurriendo y considera que tu pérdida de memoria es un gran regalo, porque te permitirá explorar y sanar tu pasado. Me pidió expresamente que te transmitiera que te fijes en los detalles y no cuestiones los acontecimientos que se avecinan.

Me quedé en silencio sin saber qué decir. Curiosamente no me sentía como un poderoso magnate, sino solamente como un hombre asustado, débil, confundido y ansioso… Patrick suspiró profundamente y me dio un empujón suave.

-Vamos, te acompañaré a tu auto y recuerda que tu padre me repitió varias veces que no hay otra salida… —me dijo con voz firme…

Estaba claro que no tenía otra opción…

Capítulo 3
PANORAMA ONÍRICO EN 1752 POTTSTOWN

Al salir por una puerta trasera del hospital, para evitar a la prensa, vi un bello Range Rover negro.

-Ese es tu vehículo –me informó Patrick al ver que yo no sabía qué hacer…

Luego me entregó las llaves del hermoso automóvil y me ayudó a sentarme ante el volante.

-Maneja con cuidado –me pidió amablemente antes de alejarse-. Adiós, que tengas un buen viaje…

Lo dejé partir sin decir nada… hacer preguntas me pareció totalmente irrelevante... Saqué del maletín la libreta con la dirección y ansiosamente la copié en el GPS mientras ajustaba el espejo retrovisor. El tiempo estimado era de dos horas y quince minutos.

Conduje rápido. Los altos edificios fueron desapareciendo mientras el sol se hundía en lontananza. Quería llegar a mi destino antes del anochecer. Ansiaba entender cuanto antes cuál era el sentido de esta inesperada locura, porque para mí, todo lo que estaba pasando era totalmente inexplicable. Incluso no lograba entender cómo había aceptado meterme en una aventura tan irracional como era partir aún convaleciente hacia un destino desconocido. ¿Acaso no era un empresario prestigioso? ¿Cómo un magnate frío para los negocios podía acceder a participar en una historia tan descabellada?

Sin preocuparme de encontrar respuestas a mis dudas, seguí manejando y a los pocos kilómetros el camino se internó a través de un espectacular bosque de majestuosos robles, cuyas hojas adquirían tonos dorados y nostálgicos bajo los rayos de sol de media tarde. Parecía que nadie hubiese viajado por esa zona durante los últimos años.

Habían transcurrido poco más de dos horas cuando entré en una senda llena de baches hasta llegar a una rotonda. Mirando a través del parabrisas cubierto de polvo pude apreciar una serie de antiguas construcciones que irradiaban una serena paz. Frente a mí, descubrí una estaca con un letrero de fierro indicando "has llegado a 1752

Pottstown". Seguí conduciendo y el GPS me llevó a un sitio un poco más alejado con una majestuosa entrada a un estacionamiento.

-¿Sera aquí? –me pregunté, observando varios edificios que según intuí habían sido construidos en el siglo dieciocho. Por el sector se levantaban algunas estatuas de personajes famosos.

-¿Acá es donde se supone que voy a recuperar mi vida? –pensé preocupado.

Avancé lentamente y aparqué bajándome del auto. El aire limpio y transparente me refrescó la cara. Comencé a caminar guiándome por alegres carcajadas que sonaron a la distancia, hasta llegar cerca de un anciano que conversaba y reía con un joven justo en la entrada a uno de los edificios.

-¡Hola! ¡Señores! ¡Hola! –grité-. ¿Ustedes son de aquí?

El viejito, que debe haber tenido más de ochenta años por la gran cantidad de arrugas que surcaban su rostro, me divisó y abrió expresivamente los ojos.

-Hola –me contestó en voz alta-, ando muy apurado porque tengo una clase sobre las carreteras eléctricas. Nos vemos…

Enseguida, salió corriendo ágilmente, con la energía y la fuerza de un adolescente. El joven entró al edificio saludándome con la mano pero sin detenerse. Mi corazón se aceleró. A la distancia escuché las carcajadas del anciano rebotando y desvaneciéndose en el baile del silencio. Miré a mí alrededor, investigando el campus. Estaba solo.

Di un paso hacia los antiguos edificios, mirándolos como si fueran a darme una respuesta. Dos pasos. Tres. Cuatro. Me deslicé por el costado de una vetusta muralla y fui sacudido por diversos sonidos: Hombres celebrando, jóvenes jugando a la pelota, mujeres conversando en voz alta.

Sacudí la cabeza, cerrando los ojos. Cuando los abrí, a mi alrededor había docenas de personas, al parecer disfrutando durante un recreo. El pasto resplandecía mágicamente y una agradable sensación de paz me invadió por completo. Sentí que, en una de esas, sería posible que en ese lugar estuvieran las respuestas a todas las preguntas que me atormentaban.

Capítulo 4
UN CATEDRÁTICO CON INFLUENCIA

Mientras volvía a mi vehículo me encontré con otra imagen inesperada: El estacionamiento estaba lleno de jóvenes. Lo que a mi llegada eran espacios vacíos se había convertido por arte de magia en un lugar lleno de vida y ebullición... Entre los estudiantes que conversaban, reían y paseaban permanecía mi Range Rover negro rodeado por innumerables automóviles.

Varias personas me miraron con curiosidad, como si yo viniera de otro planeta. La momentánea paz había desaparecido... Inhalé profundamente y cerré los ojos con la esperanza de que, al abrirlos, volviera a estar en el hospital y todo a mi alrededor fuera sólo un sueño...

-¿Estás bien? –me preguntó alguien.

Lentamente abrí los ojos y me encontré con un hombre de unos setenta años, de pelo canoso, ojos azules y amable sonrisa. Vestía una toga negra con ribetes morados, de mangas muy holgadas.

-¿Estás bien? -repitió.

No era un sueño. Me encontraba inserto en un escenario asombroso. Mi salvador parecía un hombre jovial y me recordó a mi primer profesor... Jack había fallecido a los 87 años cuando yo tenía 18... y de él había aprendido a no rendirme jamás, aunque en ese momento estaba a punto de hacerlo...

-Perdón, ¿lo conozco? –pregunté ante ese primer recuerdo de hacía casi treinta años, que había aflorado intempestivamente.

-Me llamo Charles –dijo sonriendo.

-¿Qué es esto?

-Es La Academia, ubicada en Pottstown, una ciudad del condado de Montgomery, Pennsylvania, a 40 millas de Filadelfia –me explicó Charles con una mirada atenta.

-¿De quién es esa enorme construcción que se ve a la distancia?

-Esa majestuosa mansión de piedra –me explicó- tiene tres pisos y fue construido por John Potts, el fundador de Pottstown en 1752, en una plantación de mil hectáreas. En la actualidad es una de nuestras facultades...

-¿Usted trabaja aquí hace mucho? –le pregunté curioso. No quería que se fuera…

-Oh, ha sido tanto tiempo –murmuró- que podría afirmar que ahora esta es mi vida. Me vine a estudiar hace unos veinticinco años. Luego me convertí en profesor y acá me tienes…

-¿Eres de verdad? –pregunté ya sin timidez, tuteándolo.

-¿De verdad? –repitió mi pregunta riendo alegremente-. Bueno, mis amigos decían que yo era demasiado bueno jugando tenis para ser de verdad.

No me quedó otra que reír cortésmente, aunque estaba desconcertado y aturdido…

-¿Por qué esa cara? –me preguntó amablemente-. Todos buscamos la oportunidad de volver a estudiar en La Academia ¿no? Me imagino que por eso estás aquí. Tenemos a varias personas de tu edad que han regresado…

-Me temo que no vine a estudiar –rebatí-. Estoy aquí para averiguar sobre mí.

-Oh -exclamó Charles-. ¿Qué quieres decir?

-La verdad es que han pasado cosas muy extrañas –le conté-. Mi padre, a quien no veo hace más de veinte años, me impulsó a venir para descubrir qué sucedió durante el accidente…

-Ah –exclamó Charles y algo en su mirada me hizo pensar con extrañeza que tal vez sabía cosas mías que yo ignoraba por completo…

-Estuve en coma –seguí diciendo tratando de descubrir si acaso mis sospechas eran reales-. Según me contaron se incendió mi casa y yo me golpee la cabeza… Dicen que me llamo Klas Roland, pero ese nombre no me dice nada…

-¿Y sabes por qué se incendió tu casa?

-No lo sé… Perdí la memoria y no recuerdo absolutamente nada.

-Lo siento mucho –murmuró Charles elevando los ojos al cielo como si buscara las palabras correctas o como evitando mirarme a los ojos...

-Me hicieron prometer que vendría, porque se supone que acá encontraré las respuestas… Mi padre insistió en que observara con cuidado los detalles –parlotee ansioso-. ¿Conoces a mi padre? ¿Lo viste aquí?

Sin contestarme, Charles me tomó del brazo y me advirtió que debía aprender muchas cosas nuevas…

-Vas a comenzar tomando tu primera clase –me aseguró mirando la construcción a sus espaldas-, pero antes, es necesario que te autoricen la entrada.

En ese momento sentí que nada de lo que me estaba ocurriendo tenía lógica y que las dudas se transformaban en pasajes infinitos sin final conocido. La claridad tendría que llegar de alguna forma. Seguí obedientemente a Charles hasta llegar a una puerta de cristal.

-Recuerda lo que tu padre te mandó a decir –me pidió antes de empujarme con suavidad-. Sólo fíjate en los detalles y mantén siempre el silencio. No puedes entrar aquí por tu cuenta, así que calla cuando yo empiece a hablar.

Capítulo 5
UNA VISA PARA EL PIPIOLO

Caminamos por un hall de entrada y Charles me hizo una seña para que lo siguiera al interior de una sala muy ordenada que olía a flores frescas. Nos recibió una joven delgada, de pequeña estatura... Me pareció conocida, pero no supe dónde la había visto antes...

-¿Qué puedo hacer por ti, pipiolo? –me preguntó.

-Me llamo Klas –le dije y lancé una pequeña risita por la forma en que ella me había calificado.

Charles me miró levantando las cejas para advertirme que mantuviera la compostura.

-Ah... Hola –masculló conteniendo mi hilaridad-. Uh, parece que estoy aquí para entrar a La Academia.

-Vaya, qué original respuesta –comentó ella sarcásticamente-. Entrégame tu visa de inmigración.

Con un suave empujón Charles me sacó del camino y se puso frente a la joven.

-Daniela, querida –le dijo cariñosamente-. ¿Cómo estás hoy?

-¿Charles? –exclamó ella ordenando su cabello-. ¿Qué haces aquí?

-Vengo a conversar contigo y a pedirte un favor –le respondió mi nuevo amigo. Enseguida me hizo un gesto para que lo dejara conversar a solas con la chica. Yo recibí el mensaje y me alejé lo suficiente. Ya no podía ver más que las manos blancas y diminutas de Daniela. No supe por qué sentí que era frágil y me dieron ganas de protegerla...

Después de unos minutos que me parecieron infinitos, Charles me indicó que me acercara.

-De acuerdo, pipiolo –me dijo la chica-. Hoy te será fácil, aunque se la debes a míster Charles.

Luego se alejó y regresó con un documento para que yo lo firmara.

-Es tu visa de acceso, absolutamente necesaria para ingresar –me aseguró dejándola sobre el mesón.

Escrito con una hermosa letra cursiva, en la papeleta pude leer "sé tu mejor versión" y en la contratapa había una sección titulada "Aduana Emocional", con ocho puntos que proponían lo siguiente:

Acepto entrar y comprender que todo lo que me ocurrirá es real.

Acepto entrar y comprender que algunos límites son invisibles.

Acepto entrar y comprender que debo liberarme y olvidar todo lo que sé.

Acepto entrar y comprender qué son la energía y las emociones.

Acepto entrar y detectar qué es la reconstrucción del ser.

Acepto entrar y descubrir la importancia de la gratitud, positivismo y generosidad.

Acepto entrar y entregarme a los ejercicios que me permitirán desmontar mis carreteras eléctricas negativas y facilitar que afloren las positivas, mis talentos y su relación con mi energía.

Acepto entrar a buscar la mejor versión de mí mismo.

-¿Esto es necesario? –le pregunté intrigado a Charles.

-Es más que necesario –me advirtió-; y tómalo en serio.

-Aún no dimensionas lo afortunado que eres al haber conocido a Charles –agregó Daniela.

Él levanto los hombros, se sonrojó y asintió con la cabeza para que firmara. Una vez que lo hice, Daniela cogió un timbre de cera, pero dudó antes de tocar el papel.

-Charles -le oí susurrar-, ¿estás realmente seguro?

Él me empujó cortésmente hacia atrás y le dijo algo a la muchacha que yo no pude escuchar. Ella me miró directamente a los ojos y puso el timbre en la papeleta de inmigración.

-Klas -me dijo-, ya estás adentro. Apresúrate, porque hoy eres el último…

Me miró profundamente a los ojos y yo sentí un estremecimiento…

-Sé bueno con Charles –me advirtió con nostalgia y ojos de cristal empañado-. Acá lo amamos y quiero que sepas que entraste sólo gracias a él. Ahora, adelante o llegarás tarde a tu primera sesión. Y recuerda, alguna vez nos conocimos…

Sorprendido, quise preguntarle algo, pero ella desapareció… En ese momento me di cuenta que no había nadie a nuestro alrededor.

-¿Qué quiso decir ella? –le pregunté a Charles, pero él se encogió de hombros y no me contestó, apurándome para que lo siguiera hacia un jardín al interior de una de las construcciones, donde había una hermosa y enorme fuente con una ninfa en su parte superior. La escultura llevaba un cántaro sobre el hombro, del cual caían chorros de agua. Alrededor había varios bancos de alabastro, que en ese momento permanecían vacíos.

Caminamos sólo unos cuantos pasos cuando sentimos como una ventolera y al darme vuelta vi a un anciano corriendo a gran velocidad… Llevaba una elegante túnica, refinada y de perfecto corte. Sonriendo, se deslizó vertiginosamente alrededor de la fuente y desapareció detrás de uno de los edificios. En ese momento reconocí al viejito que había visto cuando recién llegué…

Charles se rió al ver que yo miraba sorprendido…

-Otra vez acabo de ver a este abuelo actuando como un adolescente – comenté asombrado.

Mi amigo me dio una palmada en la espalda sonriendo.

-Es el profesor Zúñiga. Y no está actuando, él es así, impredecible. Ya lo conocerás. Es un hombre muy inteligente y con grandes capacidades… Para mí es un sabio…

Capítulo 6
¿CONOCES A MI PADRE?

El sonido de la brisa, combinado con la caída del agua desde la fuente, acariciaba nuestros oídos con un toque sutil y agradable. Las personas que pasaban por el sector sonreían misteriosamente, como si algo invisible cambiara notoriamente el rumbo de sus pensamientos.

-¿Qué efectos se producen en La Academia? –pregunté.

-En este lugar, después de un trabajo que tú también realizarás, las personas logran encontrar su talento y propósito, para convertirse en lo que siempre han soñado ser. Algunos lo atribuyen a un milagro, otros lo llamamos encontrar tu mejor versión. Has visto al profesor Zúñiga correr como un niño. Has sido testigo de que estamos en un lugar donde la gente puede transformarse.

-Pero, ¿cómo es posible? ¿Qué es lo…?

-No preguntes cómo –me interrumpió-. Comencemos con una simple regla: desde este momento en adelante no hay más preguntas acerca de cómo o por qué… Si no me haces caso, la experiencia no dará frutos. Lo tomas o lo dejas. Si quieres seguir debes aceptar esta regla y entregarte para experimentar plenamente todo lo que te suceda. ¿De acuerdo?

-Está bien, pero…

-Tampoco hay más peros –replicó-. Ahora, ¿podemos continuar?

Seguimos caminando por un florido jardín donde crecían en armónica convivencia rosas de diversos colores, lavandas, tomates, dalias, lechugas, amarilis… y yo supe que no tenía otra alternativa que cumplir con las reglas de Charles, porque estaba claro que él había dicho la última palabra.

-Esta es la Sala del Primer Paso –me informó cuando llegamos a un amplio espacio de paredes blancas y grandes ventanales-. En unos minutos vas a pasar a una habitación más reducida para sentarte en el sillón curvo y vamos a averiguar algunas de las razones por las que estás aquí. Como en toda buena academia, las personas que ingresan lo hacen porque alguien se ocupó cuidadosamente de que así fuera. Y al aceptar la invitación saben que este lugar podría cambiar sus vidas. Por eso, tu padre te envió. La mayoría de los que llegan, sin embargo, no sospechan lo que quieren cambiar. La Sala del Primer Paso les ayuda a obtener un poco de claridad sobre su pasado y los obliga a mirar sus vidas. Pero intuyo que antes de entrar, tienes algunas preguntas para mí… Eso sí, recuerda que nada de cómo o por qué…

-Puede sonar repetitivo –murmuré despacito-, pero ¿estás seguro de que no conoces a mi padre o a alguien de mi familia?

-Me temo que no voy a poder responder a esa pregunta –me aseguró Charles y había algo en el tono de su voz, en su mirada, que me hizo sospechar que estaba ocultando importante información…

-¿Todos los que vienen a La Academia lo hacen para conocerse a sí mismos? –inquirí sabiendo que no sacaba nada con insistir en mi sospecha de que conocía a mi padre.

-Todos tienen una experiencia personal –me aseguró Charles-. Cada individuo es complejo y piensa de diferentes formas según las situaciones que ha vivido. Por eso, lo que aprende es único. También puedo decir que todos enfrentan algunas cosas de sus vidas que no siempre son agradables. Muchas veces, la gente tiene miedo, no cree o se pierde.

-¿Consideras que algo así le puede haber ocurrido a mi padre?

-Déjame ser claro –me respondió con tono severo-. No es el momento para hablar de tu padre. Este es un lugar donde se producirán ¡tus! cambios. Sin duda, hay una razón por la que estás acá e incluso pudiste acceder a La Academia sin una invitación. Hay un motivo que explica por qué me encontraste y por qué estamos conectados. Todo lo que sucede acá tiene un nexo.

-Suena como algo muy decisivo.

-Y así es –enfatizó Charles sin mayores explicaciones-. Llegaste para entenderte a ti mismo. En La Academia hay algo para ti. Seré tu mentor. No trates de entender, sólo vive la experiencia. Confía. Tu historia pronto se iluminará, ¿de acuerdo?

Me sentí impotente. No sabía qué hacer, qué pensar ni decir. Sólo quería recuperar mi memoria y luego salir de allí. Sin embargo, tenía sentimientos encontrados, porque también percibía un atractivo en lo que pudiera ocurrirme de ahora en adelante, en ese espacio lleno de misterio e interrogantes.

-No te sientas agobiado –me aconsejó Charles mirándome a los ojos-. Esto es sólo el comienzo, vas a necesitar mucha determinación y carácter para lidiar con algunos asuntos bastante complicados. Requerirás cada vez más y más energía a medida que vayamos avanzando. Esta experiencia te va obligar a cambiar y aceptar algunas verdades difíciles sobre ti mismo y ¡créeme! no será fácil. Ahora, no perdamos tiempo y vamos adelante.

Capítulo 7
EL FANTASMA DE MI ABUELO

Charles abrió la puerta de una sala pequeña y ambos entramos. Yo me senté en un cómodo sillón frente a una mesita donde había una carpeta. Miré a mí alrededor y vi un proyector de películas...

-Pon atención –me pidió-. Cuando te quedes solo, toma el pasador de diapositivas que está sobre la mesa. Luego todo será intuitivo. Nos vemos más tarde.

Antes de salir me regaló una cálida sonrisa y me preguntó "¿todo bien?"

-No sé –respondí inseguro-. Es bastante extraño. Sólo quiero saber quién soy y qué pasó.

-Pronto lo sabrás –aseguró con paciencia y cerró la puerta.

Estaba obscuro. Me acerqué y puse mi mano derecha sobre el pasador de diapositivas. Al darle clic se encendió el proyector y apareció una pequeña imagen difusa que rápidamente se volvió más nítida. Era el contorno de una silueta...

A medida que adquiría claridad sentí una fuerte sensación en el estómago cuando reconocí un rostro en blanco y negro. La foto de mi abuelo que me entregara Patrick había cobrado vida...

-Hola, mi pequeño Klas -dijo.

Podía oír los acelerados latidos de mi corazón y sentir cómo un bombo estallaba en mi cerebro. La imagen era real. Allí estaba esperando mi respuesta.

-¿Tú eres mi abuelo? –pregunté nervioso.

-Sí, soy tu abuelo Hugo y me da mucho gusto verte -dijo él-. Estoy aquí para ayudarte.

Su voz sonaba tranquila y me serenó escucharlo. Su rostro era confiable y cercano.

-¿Abuelo? ¿Eres mi abuelo Hugo? –volví a interrogarlo.

-Soy yo. Pero por favor vamos rápido... No tenemos mucho tiempo, comencemos inmediatamente. Necesito hacerte una pregunta... ¿Sabes tu propósito en la vida?

No podía entender nada de lo que estaba pasando, mi cerebro se rehusaba a aceptar lo que veía, pero algo dentro mío me hizo entrar en el diálogo...

-Abuelo, necesito saber quién soy...

Sus ojos adquirieron una mirada dulce, tierna y cercana.

-No te preocupes, pequeño Klas. Yo tampoco sé quién soy realmente –exclamó soltando una suave carcajada-. Pero en serio, necesito que me respondas. Dime, ¿sabes tu propósito en la vida?

-No abuelo –respondí con angustia-. Perdí... perdí la memoria...

-Y ¿sabes porque estás aquí? –insistió.

-No lo sé abuelo, ¿por qué está pasando esto?

-No puedo decírtelo...

Bajé la vista como un niño amurrado...

-Esto no es real –musité.

-Klas Roland –pronunció con tono de reproche-. Piensa un poco, ¿intuyes por qué estás aquí?

Volví a mirarlo y sus amables ojos me obligaron a responder...

-No tengo la menor idea de por qué estoy aquí... La vida ha dado algunas vueltas inesperadas...

Hugo asintió con la cabeza, agitando suavemente su plateado cabello.

-Bueno –dijo sonriendo-, siempre fuiste el mejor tomando decisiones. ¿Cuándo fue que te desviaste de tu camino?

-No lo sé ... Será porque perdí la memoria...

-¿Lo consideras realmente así de simple? –en su voz había un tono amoroso y burlón.

-Absolutamente. Si no, creo que no estaría aquí.

-¿No te parece que la razón de ingresar a La Academia es entender el real propósito de tu vida?

-Puede ser –titubeé.

-¿Puede ser? –interrogó él con ironía.

-Bueno, parece que mi vida fue puro trabajo. El día de mi recuperación en la clínica sólo estaba Patrick y siento que esa soledad es consecuencia de una vida llena de indiferencia y frialdad...

-Ahí tienes. Ese es uno de los puntos importantes a entender y es el momento de admitirlo. Reconocer la verdad es siempre un buen punto para iniciar la transformación –dijo, cambiando rápidamente de tema-. ¿Quién es Patrick?

Lo miré preocupado…

-No lo tengo muy claro… Al parecer era mi abogado… y mi único amigo... eso creo…

-¿Te dijo algo que te parezca importante?

-No sé, parece que mi padre y yo no nos entendemos y que hace muchísimos años que no nos comunicamos.

-¿Crees que fuiste bueno con él?

Quise contestarle que había hecho todo lo posible, pero no pude… no lo sabía…

-No tengo idea –grité cerrando los ojos-, pero me imagino que lo intenté…

-Todos creen siempre haber hecho lo mejor posible –musitó.

No pude mirarlo.

-Abuelo, simplemente ya no sé qué hacer –susurré.

-Seguro que sabrás –sentenció-. ¡Siempre lo supiste y siempre lo seguirás sabiendo! Fuiste un niño determinado, inteligente y bondadoso. No dejes que los últimos sucesos te convenzan de lo contrario. No te atrevas a perder el coraje y busca en tu interior. Mira cada detalle. Si estás vivo tienes una segunda oportunidad para recomenzar, no importa lo difícil que sea. Y ahora, querido Klas, me debo retirar…

-¡No abuelo! Por favor... necesito preguntarte muchas cosas.

-Lo siento, no depende de mí. Pero déjame entregarte un último consejo Tienes un talento que no conoces aún, y si lo ocupas en tu beneficio podrás ser verdaderamente feliz. Es hora de creer de nuevo. ¿Me prometes que lo tendrás en cuenta?

-Lo prometo. Abuelo, ojalá estuvieras realmente aquí -protesté nostálgicamente-. No tengo a nadie.

Su imagen sonriente comenzó a desvanecerse.

-Siempre estaré contigo. Recuerda tu promesa –exclamó antes de desaparecer.

-¡Abuelo! ¡No!

Sentí un dolor intenso. Y recordé nítidamente mi infancia, cuando jugábamos y me aconsejaba con palabras cariñosas y sabias. Cuánto lo había extrañado…

Cuando Charles volvió a entrar en la sala me condujo al jardín interior de La Academia y a la fuente sin decir palabra. Ya era de noche y el tranquilizador sonido del agua me ayudó a recuperar un poco la cordura.

-¿Y ahora qué? -pregunté en voz baja, todavía en shock.

-Ahora nos toca nuestra primera clase nocturna…

Capítulo 8
MECHAS DE FUEGO EN GRECIA

Después de caminar unos cien metros, de repente nos encontramos ante un letrero que indicaba "Bienvenidos al Dípilon, la puerta de entrada a la antigua Atenas".

-¿Y esto, qué significa? –pregunté en voz alta-. ¿Es una broma?

-Tranquilízate –me respondió Charles-. Avancemos, ya verás... Y no hagas más preguntas...

Lo seguí enojado por un puente hacia una pileta con estatuas de personajes mitológicos, asientos de piedra y un pilar en cuya base había una inscripción: *"entrada a Atenas, siglo IV a.C"*. Ante mi vista aparecieron varias construcciones. Una de ellas tenía una majestuosa escalinata y seis columnas de mármol. El exterior de La Academia griega era clásico pero el interior me entregó una visión absolutamente diferente. Ante mis ojos se abrió un lugar ancestral, iluminado por cientos de velones que titilaban suavemente. Me pareció que era el centro de los discursos de la antigua Grecia. Me volví hacia Charles y suspiré. Él rió irónicamente.

-¿Y tú creías que las carreras aceleradas del profesor Zúñiga eran extrañas?

Estábamos a miles de kilómetros y años luz. Un centenar de banquetas refulgían iluminadas por la calidez de las mechas de fuego. Al fondo había un gran escenario. El ambiente era de respeto cargado de expectación. Me pareció sentir la energía sublime del conocimiento.

-Apurémonos -dijo Charles, y empezó a caminar hacia el centro.

-Esto es imposible –pensé y abrí la puerta de la iluminada sala para escaparme. El aire frío entró y algunas velas se apagaron. Todo parecía un sueño, pero al mismo tiempo era muy real. Salí momentáneamente para tomar aire a ver si despertaba, porque era imposible que existiera ese anfiteatro que vencía el tiempo y el espacio.

-Nada es lo que parece, ¡incrédulo! -exclamó Charles detrás mío-. ¡Ven! La clase del profesor Zúñiga es aquí. Ahora vas a conocerlo en persona...

Cerró lentamente la puerta, me obligó a entrar nuevamente y yo decidí entregarme a la experiencia sin cuestionarme nada… porque además no tenía otra posibilidad…

El murmullo creció mientras llegaban más personas. Muchas de ellas me sonrieron… Algunos hablaban entusiasmados, mientras otros simplemente se sentaron en silencio.

-Impresionante, ¿cierto? –aseveró Charles con una mirada de gozo, haciéndome un gesto para que nos sentáramos en una de las banquetas. Una corriente empezó a soplar y las velas se apagaron repentinamente… La audiencia calló…

El único sonido que escuché por momentos fue la tos de una persona. Una antorcha se encendió en el escenario y lo iluminó suavemente. La luz era baja y pude distinguir al anciano de las carreras aceleradas y a un joven, que retiró el abrigo de su acompañante y desapareció.

Me erguí en mi asiento para ver mejor. El profesor lucía cabello ondulado y larga barba blanca. Su figura era menuda pero musculosa, bastante más joven en apariencia de la edad que tenía. Sacó un monóculo de su bolsillo y lentamente se lo puso mientras observaba a los espectadores. Su rostro curtido y arrugado demostraba su avanzada edad, pero su postura era erguida y su mirada jovial. Charles me explicó que vivía en La Academia hacía más de sesenta años, cuando a los dieciocho había llegado de España escapando de las garras de Franco… Era profesor de filosofía, viudo de una mujer a la cual siguió adorando más allá de la muerte, no tenía hijos y se dedicaba por completo a sus alumnos, con los cuales podía llegar a ser especialmente severo cuando se portaban tontamente.

Zúñiga se mantuvo por un largo rato de pie, con los ojos cerrados y en silencio. Pasó un momento, luego otro… y otro… La multitud comenzó a murmurar y yo empecé a ponerme ansioso. Justo cuando iba a decirle algo a Charles, el anciano levantó ambas manos sacando una portentosa voz y se dirigió hacia nosotros.

-¡Estudiante! Soy el profesor Zúñiga… Todo lo que has experimentado en tu vida hasta ahora ha servido a diversos propósitos y uno de ellos es estar aquí… ¡¡¡Hoy!!! Tus batallas, fracasos, alegrías, penas y triunfos te permitieron llegar a este mágico lugar. ¡¡¡En este minuto!!!

El sonido y significado de sus palabras penetró profundamente en mi mente…

-Has venido aquí porque eres afortunado –continuó-. Lograste que alguien te invitara. Más allá de ese hecho, todos somos iguales. Todos ustedes fueron hijos. Todos fueron niños. Todos jugaban. Todos descubrieron el agua por primera vez. Y también todos vivimos sometidos a la espina de la crítica. Elegimos la conformidad, luego nos arrepentimos. Optamos por trabajar, dar, entregarnos, perdernos y buscarnos de nuevo. Ascendimos y nos hicimos más grandes y fuertes, más instruidos, más desvergonzados. Vivimos días de gloria, lloramos de pena y esperamos un futuro mejor. Todos creamos realidades diferentes. Pero ahora estamos aquí. En el mismo lugar. Y yo los invito a iniciar un nuevo camino…

Asombrado vi cómo el sabio profesor parecía volverse más y más joven con cada palabra que salía desde el fondo de su ser.

-Ahora, estimados estudiantes, quiero referirme a la pregunta que intuyo ha estado en sus mentes desde el primer minuto en que llegaron a este lugar místico, el pensamiento que me imagino está presente en sus mentes desde el origen. La gran interrogante de toda la humanidad: ¿Por qué estamos en este mundo, cuál es nuestro propósito?

Un suspiró común emergió desde las gargantas de los alumnos presentes… El rostro del profesor resplandeció al oírlo y una sonrisa indómita iluminó su cara.

-Muchas gracias –dijo sin referirse al motivo de su agradecimiento-. Hasta aquí llega la clase, si necesitan la solución está a sólo tres simples palabras: Compren mi libro.

La multitud estalló en carcajadas. Noté que conocían el humor del profesor, que también rió con entusiasmo por su enigmático chiste, tan fuera de lugar en ese espacio que revivía la antigua Grecia…

-He tenido el honor de hacer clases durante varios años –continuó sin dar explicaciones-. Podría asegurar que todos los que han entrado a este sitio místico se han preguntado alguna vez por qué estamos aquí, cuál es nuestro propósito. Sobre la base de una larga experiencia sustentada en el tiempo, les aseguro que, como todos los cuestionamientos importantes, la respuesta radica en el fondo de cada uno de nosotros, en nuestra naturaleza esencial...

Se detuvo por un momento acentuando la importancia de su afirmación y recorrió lentamente a la audiencia con la mirada, de izquierda a derecha.

-Escucha atentamente -expresó-, todos traemos en nuestro ser un privilegio, una habilidad que nos hace heterogéneos y únicos, una llave que de ser bien ocupada podría cambiar nuestra realidad para siempre.

El profesor Zúñiga se detuvo y contempló silenciosamente la reacción de la multitud ante sus palabras, mientras su frase pegó como una flecha de plata en mi cerebro: Todos traemos en nuestro ser una habilidad ¿Cuál era la mía?

El sabio dio unos pasos en círculo.

—Intuyo que mis palabras han traído más preguntas. Entonces, tal vez me permitan darles mayores razones para comprar mi libro.

La multitud rió de nuevo.

-El problema con mi afirmación —retomó la palabra- es que tú no podrás evitar preguntarte cuál es tu habilidad...

Yo sentí que se dirigía a mí con su aseveración... Automáticamente moví la cabeza afirmando...

Capítulo 9
LÍMITES AUTOCREADOS

El profesor Zúñiga guardó un corto silencio y repentinamente me miró directamente a los ojos…

-Tú estás aquí porque ansías saber en quién te has convertido –comenzó a hablar con fuerza-. Sientes que tienes mucho más que ofrecer y buscas formas de desbloquearlo y entregarlo al mundo. En el fondo, sabes que tienes un potencial mayor de lo que, como un dogma, te dijeron que fueras… Estás aquí para comenzar la gran búsqueda y demostrarte a ti mismo que puedes romper los limites invisibles que te han encadenado y manejado. Sí, límites invisibles creados por ti, por tu mente, una ilusión que te ha impedido tomar riesgos y convertirte en tu mejor versión…

La voz del profesor se volvió aún más potente, más apasionada….

-Queridas alumnas, queridos alumnos –enfatizó con una mirada cautivadora que se paseó por la audiencia-. Esos límites invisibles son muy poderosos y es importante saber que existen. ¿Alguna vez fueron apuntados con el dedo diciendo que no podían escribir, pintar, hacer una torta? ¿Les dijeron que eran malas o malos para el deporte, las matemáticas, los idiomas? Esos son los límites invisibles que les impuso la sociedad, la familia, y les han hecho sufrir clandestinamente hipotéticas carencias, como falta de atractivo, torpeza, debilidad, lentitud, inutilidad o estupidez… Sin embargo, esas características negativas nunca fueron de ustedes, no les pertenecen, han sido injertadas en sus mentes, y esta noche hemos venido hasta la antigua Grecia a romper nuestros límites invisibles.

Volvió a esperar un momento y observó con detención a la audiencia una vez más. Yo nunca había visto personas poniendo tanta atención. Las había de todas las edades y se notaba que las vehementes frases del profesor habían logrado penetrar en sus almas, provocando una especie de encantamiento.

-Me perdonarán, pero les ha faltado energía para romper estos límites –aseguró-. Sin percatarse, han aceptado estas barreras que promueven la sociedad y sus padres, permitiendo que intervengan en sus vidas por mucho tiempo… Sin embargo, hay buenos augurios…

Pueden comenzar a vencerlas en este mismo momento, en esta academia. Puesto que cada persona es la única que tiene la capacidad de controlar sus pensamientos, su conciencia, su futuro, cada uno de ustedes puede derrotar esos límites invisibles… ¿Cómo?

El profesor se detuvo para constatar que tenía toda nuestra atención. Cuando comprobó que lo mirábamos expectantes, continuó con su oratoria, mirándome directamente a los ojos.

-Ante todo debes creer y aceptar que existen los limites invisibles –sentenció-. El primer paso es sencillo. Recuerda tu infancia, cuando jugabas y dejabas fluir libremente tu imaginación. ¿Alguna vez dudaste que podrías ser alguien o hacer algo? No. De niños no existían esos límites y nos sentíamos capaces de cualquier cosa… Luego, con el tiempo, nos embistieron con emociones negativas como la incertidumbre, el miedo, las dudas… Nadie fue concebido sintiéndose mal sobre sí mismo, esto nos fue enseñado, muchas veces sin quererlo. Pero hay muestras más dramáticas. ¡¡¡Sí!!!

Un golpe de corriente atravesó mi cuerpo…

-Cuando estabas en fase de crecimiento –continuó y yo volví a sentir que se dirigía sólo a mí-, muchas veces te dijeron que no podías hacer algo, que eso que anhelabas era imposible para ti porque no eras lo suficientemente bueno. Así determinaron tu futuro, te marcaron profundamente, porque eras demasiado pequeño para tener una reacción inmediata. Por lo mismo, esas marcas se convirtieron en límites invisibles. Y están deteniendo tus ganas congénitas de mejorar, opacando tu habilidad, instalándose justo en el medio, entre la persona que eres y la que estabas originalmente destinada a ser; tu mejor versión. El cerebro es como un músculo de plastilina que se va adaptando y aprendiendo. Y los pensamientos negativos y prejuiciosos son los verdaderos enemigos de nuestra flexibilidad cerebral a la hora de alcanzar nuestras metas. Por eso… ¡cuidado con los que piensas!

Las últimas palabras quedaron resonando en el espacio…

-Ahora bien, para ejercitar nuestro cerebro necesitamos poner mucha atención en nuestros pensamientos y evitar por completo frases como “me es muy difícil”; “yo no sirvo para esto”; “no puedo”; “me rindo”; “qué va a decir el resto”… Una vez que hemos erradicado este tipo de ideas, los resultados serán tan perceptibles como los que ocurren cuando ejercitas un músculo de tu cuerpo y este se desarrolla. Con la diferencia de que al cambiar nuestra forma de pensar, transformamos la realidad abarcando mucho más, mejorando definitivamente nuestra calidad de vida...

Se detuvo y volvió a recorrer a su público con la mirada...

-Indudablemente, para muchos de ustedes puede sonar a locura la idea de que existen límites invisibles, un nuevo mundo y flexibilidad cerebral. No los culpo. Sólo al final del camino hacia el cambio podrán creer para ver, y entonces entenderán lo lejos que estaban hoy de donde podrían haber llegado.

Cerca mío sentí el calor de una antorcha, desviando mi atención del escenario; y al darme vuelta vi al ayudante del profesor que me tomó del hombro y nos hizo un gesto para que Charles y yo nos pusiéramos de pie.

-Movámonos rápido –dijo, sin dar mayores explicaciones.

El joven nos llevó hacia una cueva amplia y húmeda ubicada detrás del edificio, que parecía transmitir la emoción de la piedra y la nostalgia de la historia. Al fondo había una roca de aproximadamente dos metros de alto y uno de ancho. Era gigante. El muchacho hizo un gesto para que la moviera.

-Está loco -pensé.

Luego recordé los límites invisibles, empujé con fuerza y la piedra se movió dejando al descubierto un largo pasillo... En ese momento se nos unió el profesor Zúñiga...

Capítulo 10
UN DUENDE HUMORISTA

Atrás quedó la antigua Grecia y el cálido refugio rodeado de mechas de fuego. Después de seguir durante un rato a Charles a través de un largo túnel, llegamos a un parque iluminado por la luz de una hilera de altos faroles. Al fondo había un arco y puertas medievales. El profesor tocó fuertemente contra la madera con una pequeña mano de fierro forjado y su sonido hizo eco en lo más profundo del espacio. Un diminuto personaje abrió la puerta... Con una sonrisa dijo llamarse Elette y nos hizo entrar. Ante nuestros ojos apareció un bosque de espeso follaje. La tenue luz que lograba pasar a través de los arboles me hizo sentir que entraba en un mundo de cuento. Era otro sector de La Academia, pero ya no quedaban estudiantes. Parecía como si hubieran desaparecido.

-¿Dónde se fueron todos? -pregunté.

-Están explorando sus propias respuestas -murmuró el pequeño elfo-. Están logrando claridad.

-¿Y tú quién eres? –pregunté intrigado.

-Soy el duende del trabajo y vivo en los bosques –me respondió amablemente-. Me gusta barrer, cantar y ayudar a las personas confusas y desordenadas, a las que no saben pensar coherentemente y olvidan cosas importantes. En este momento estoy colaborando con unos jóvenes que buscan salir de la oscuridad.

-Así es –intervino el profesor Zúñiga mirándome-. ¿Acaso tú no buscas lo mismo?

-Si, estoy en lo mismo. Necesito saber –respondí mirando con curiosidad al extravagante personaje, que vestía un traje verde de paño con adornos rojos y un sombrero del mismo color-. ¿Está mi padre aquí? ¿Por qué él quería que yo viniera?

Elette comenzó a reírse a carcajadas con tal fuerza que cayó al suelo revolcándose sobre las hojas que cubrían el suelo.

-¿Por qué te ríes? Tú sabes donde está mi padre...

-Por supuesto que lo sé –dijo levantándose de un salto y alejándose corriendo sin dejar de reír...

-¿Qué pasa, qué es este lugar? –pregunté receloso.

Zúñiga puso su dedo sobre mi boca silenciándome.

-Muchas preguntas –aseguró-. Las respuestas vendrán. Pero sigues pegado en el cómo. ¿No será mejor poner atención y entender? Dime, ¿lo que está pasando es real?

-No lo sé –respondí.

Charles y Zúñiga me miraron severamente. Se notaba que estaban molestos con mis palabras.

-¡Inaudito! –pronunció enérgicamente el profesor–. Supongo que para entrar firmaste el formulario de inmigración de la aduana emocional con un juramento que honorablemente debes respetar. Te comprometiste con aceptar que todo lo que te ocurriría sería real, que te liberarías y olvidarías lo que sabes. Sin embargo, tu respuesta me hace pensar que consideras que esto es una fantasía. Vislumbro que te da lo mismo cumplir con tu palabra y estás a punto de que amablemente te pida que te vayas, porque acabas de faltarte el respeto a ti mismo por no cumplir con tu juramento.

Sentí que el ambiente se enfriaba. El profesor frunció el ceño y me miró directo a los ojos esperando mi respuesta.

-Eh... uh, perdón, yo solo... esto es angustioso para mí, y no sé cómo...

-Guarda tus incertidumbres –me interrumpió de golpe- y no vuelvas a faltar a tu palabra o te acompañaré a la salida. ¿Alguna duda?

Estaba impactado por su dureza. ¿Dónde estaba el anciano amistoso y acogedor?

-Ninguna profesor -dije un poco asustado, como un niño pillado en falta...

-Me entusiasma que podamos seguir juntos –confesó mirando a Charles y asintiendo con la cabeza. Luego me sonrió-. Estoy seguro que necesitábamos esta conversación, porque nos esperan acontecimientos aún más extraños y difíciles de creer.

Enseguida nos guió hasta su vehículo y nos hizo abordarlo.

-¿Listos para dar un paseo? –preguntó. Su energía y su pasión habían vuelto...

Sin esperar respuesta aceleró suavemente con una sonrisa en el rostro. Alzando la mano izquierda, señaló con el dedo un túnel.

-Cierren los ojos y no los vuelvan a abrir hasta que yo les diga –indicó entrado en un pasadizo oscuro y sin luces, acelerando más y más. De repente, a través de mis parpados cerrados percibí una fuerte luz.
-¡Abrid los ojos! –señaló el maestro.
Las puertas del vehículo se abrieron y los tres fuimos empujados hacia afuera con una sensación de ingravidez.
-Dios mío –murmuré.
Súbitamente nuestros cuerpos se elevaron…
-¡No te muevas! -exclamó Charles. Sus ojos brillaban de emoción, mientras nos hacíamos cada vez más livianos…
-Este lugar es el origen de la vida -grito el profesor-. Guarda nuestros tesoros y nuestras desgracias. Nuestras alegrías y nuestras penas. Nuestras habilidades y nuestras falencias. Este lugar caballeros… es el cerebro humano. Pero no cualquier cerebro. Estamos en el cerebro de Klas Roland…

Capítulo 11
ENCUENTROS INESPERADOS

Si no hubiese hecho un juramento me habría reído a carcajadas de tan absurda aseveración. Sentí que flotábamos en un lugar sin límites, iluminado por un sinfín de conexiones que se deslizaban a una velocidad impresionante. Era una red de carreteras eléctricas que se desplegaban hacia el infinito con un sonido armónico. Entre las nubes aparecían distintas imágenes de niños jugando, mujeres alegres, hombres peleando, gente llorando... En lo alto, el cielo estrellado se percibía envuelto en colores azul profundo, lila y rosa, iluminado por una gigantesca luz blanca...

-Qué vista, ¿no? –murmuró Charles.

-Sí –musité asombrado, entregándome por completo a la experiencia.

Nos desplazamos lentamente y cuando ya estábamos por alcanzar la potente luz que nos deslumbraba, miré al profesor. Estaba con los ojos cerrados y los brazos en alto... Repentinamente comenzamos a descender...

-Querías distraerte, ¿cierto? -comentó Charles soltando una carcajada-. ¿Qué te ha parecido este inesperado paseo?

-Estoy impresionado –expresé bastante confundido-, pero como no me está permitido hacer preguntas... Sólo sé que viajamos sin gravedad hacia un lugar espacial que supuestamente es mi cerebro... No sé si es la definición de paseo para mí...

-Un paseo inesperado es ir a un lugar que no conoces -Charles me observó con detención- Y estoy seguro que no conoces ni la quinta parte de lo que hay en tu cerebro, el cual ¡y perdóname que te lo diga! está lleno de basura...

-Lleno de pensamientos sobre el pasado, de ideas negativas y confusas –intervino el profesor Zúñiga-. ¿Cuál es tu mejor historia?

-Supongo que sólo una -lo miré nerviosamente-. El cuento de un hombre que perdió la memoria.

-No creo que esa sea tu mejor historia, deben haber muchas otras...

-Pero no las recuerdo, en este momento sólo tengo conciencia de que no sé nada acerca de mi pasado... y quiero saber... No sé si esto sería más real si recordara algo, pero sí me doy cuenta de que están pasando cosas muy extrañas, que me tienen un poco frenético.

-Yaaa –se burló Charles-. Dime, ¿hay algo que recuerdes o que llame tu atención?

Justo en ese momento vi a dos personas acercándose. No las reconocí y volví a pensar en una respuesta. Sentí una fuerte angustia. Patrick sólo había mencionado mi obsesión por el trabajo y que nunca hablaba de mi pasado. Quizás todo esto era una forma de encontrar mi verdadero yo...

-La vida sin sentido se hace tediosa y descontrolada –exclamó el profesor Zúñiga-; se complica lo simple y se pierde el gran regalo que te entrega tu existencia. Supongo que nunca pusiste atención a tu historia.

-Ahí vienen –lo interrumpió Charles refiriéndose a las dos personas que se acercaban cada vez más. Eran un joven y un hombre mayor. Casi me caí de la impresión cuando reconocí al muchacho: era yo mismo... y el hombre tenía que ser mi padre...

-Hola –saludó Charles, pero ninguno de los dos le respondió, porque venían discutiendo acaloradamente...

-¡No puede ser! -murmuré.

-¿Siempre has sido igual de testarudo? –se burló Charles.

-¿Cómo no entiendes? –le gritó el hombre al joven-. Eres un imbécil irresponsable...

-¡No te voy a aguantar más!

-¡Soy tu padre! ¡Y vas a hacer lo que te digo!

No alcance a escuchar lo que el joven Klas respondió antes de comenzar a golpear a su padre en la cara una y otra vez hasta que se desmoronó con las narices y la boca ensangrentadas...

-¿Que he hecho? –grité- ¡Soy un monstruo!

Charles puso su mano sobre mi hombro.

-No te preocupes, eso no ocurrió de verdad, es sólo la rabia que sientes por cómo te trató tu padre y por eso lo has golpeado imaginariamente...

-¿Por qué? ¿Por qué me muestran esto? –alegué-. Si ya lo he perdonado...

-Pero quedan cosas pendientes. A veces –respondió Charles-, para tirar la basura que tenemos en el cerebro y saber quiénes somos, debemos reconocer hasta los últimos retazos de todas las rabias ocultas que nos hacen estallar sin saber por qué. Este viaje pretende darte una oportunidad de entender y cambiar acontecimientos archivados en tu inconsciente, que te provocan angustia y ansiedad. Se trata de ir sanando y de crear un propósito que te traiga energía para disfrutar efectivamente de este gran juego de la vida.

-Es hora de que recuerdes algunos hechos para reconstruirlos, sanarlos y seguir adelante con nuevos paradigmas. Es lo que viniste a buscar acá –comentó el profesor Zúñiga, mientras mi padre y el joven Klas desaparecían en el espacio.

Enseguida comenzamos a descender y sentí cómo el viento golpeaba mi rostro. Más rápido. Más rápido. Mi vista se nubló y todo a mi alrededor comenzó a girar. De repente, quedamos estáticos y el cielo se iluminó mientras comenzaban a aparecer distintas escenas.

-Ese niño es tu padre cuando pequeño –me informó Charles apuntando a un chico que caminaba solo bajo la lluvia en una fría tarde de invierno. Al llegar al colegio un compañero lo agredía gritando "¡eres un gordo inútil!". Como una catarata siguieron apareciendo escenas de su vida: En la adolescencia siendo rechazado por una mujer; escribiendo un primer poema y todos sus compañeros de curso criticándolo; en el trabajo siendo humillado por su jefe…

La fuerte luz se intensificó y vi a Hugo columpiando a mi padre cuando era niño. Luego apareció la que supuse había sido mi abuela enseñándole a tocar piano. Hugo jugando al fútbol en el parque. Mi padre pidiéndole a una mujer, que reconocí como mi madre, que se casara con él…

Cerré los ojos y cuando los abrí las imágenes habían desaparecido.

Nuevamente comenzamos a descender. Más fulminante... más vertiginoso... Las imágenes reaparecieron en el cielo… Mi vida en unos segundos: me veo arrodillado al saber que mi mamá está muy enferma; aparece mi padre indignado con mis amigos; estoy yo recibiendo las noticias de mi bancarrota; permanezco solo con un vaso de whisky. La fuerte luz se intensifica aún más. Me encuentro en la playa con mi abuelo haciendo un castillo de arena; mi padre me enseña por primera vez a manejar; beso a mi novia en la universidad; abrazo a mi madre…

De repente, sin darme cuenta cómo, aterrizamos cerca de la fuente ubicada al centro de La Academia. El patio estaba vacío y silencioso. Charles me miró con ternura, mientras el profesor, después de darme una cariñosa palmada en la espalda, se alejó con su rapidez habitual…

Capítulo 12
UN PADRE EN TINIEBLAS

Charles y yo nos sentamos en un banco de mármol junto a la fuente. La belleza de la noche cubría con un suave velo de sombras el paisaje.

-Dijiste que los temas inconscientes de mi vida eran una parte importante del por qué vine hasta aquí –lo encaré-. Necesito respuestas...

-Tienes que descubrirlas en tu interior para saber qué situaciones incitaron a tu padre a conectarte con nosotros. Solo tú eres capaz de descifrar tu historia.

-No sé qué hacer Charles...

-¿Qué otros recuerdos anidan en tu cerebro? Estás listo para empezar a recordar algunos pasajes de tu vida. Cada fragmento te ayudará a descifrar los temas y actividades involuntarias que dominan tu existencia de forma automática. Juntos descubriremos qué hay detrás. ¿Qué es lo que ves?

-Veo a mi padre, pero su imagen permanece difusa, no percibo los rasgos de su cara, aunque sé que es mi papá –comencé a recordar-. Está conversando conmigo. Está enfadado.

-¿Por qué?

-Al parecer, por mi decisión de irme.

-¿Por qué te fuiste?

-Recuerdo que vivíamos en un pequeño pueblo y sentí que podía llegar más lejos que atender una ferretería.

-¿Te habían despedido? –preguntó Charles levantando las cejas.

-Si –respondí sin saber cómo lo había adivinado-. Trabajaba en la ferretería de un amigo de mi padre. Era un día de verano. Una hermosa muchacha que conocía del colegio y que después fue mi novia, entró a comprar anzuelos para ir a pescar, así que le pregunté si quería pasar conmigo una tarde entretenida. Ella se sonrojó y me dijo que sí. Ante la gran oportunidad cerré la tienda y me fui con ella. Pero me distraje y no puse bien el cerrojo. Mi padre y su amigo llegaron de sorpresa descubriendo mi irresponsabilidad y como ella y yo no estábamos muy lejos, nos alcanzaron.

-¿Y qué te dijo tu papá?

-Me grité que era un desastre. A medida que se acercaba, me aterroricé y corrí para alejarme… Apreté el paquete y me clavé un anzuelo.

-¿Cuál fue la reacción de tu padre?

-Estaba furioso y me dijo que era un imbécil irresponsable. Luego me tomó con agresividad del brazo. Traté de alejarme, pero me llevo frenético al consultorio médico para que me curaran la mano… Fue espantoso...

-Sé que no es fácil hablar de ese tipo de cosas –advirtió Charles luego de un corto silencio-. Lo he vivido en carne propia, así que agradezco la confianza. Esto aconteció hace bastante tiempo, pero si pudieras volver y entrar en tu mente joven, ¿qué pensabas en ese momento?

-¿Qué estaba pensando? –me interrogué a mí mismo-. No lo sé. Supongo que acepté ser un imbécil irresponsable.

-¿Un imbécil irresponsable? –repitió Charles-. ¿Acaso cambiaste después de aquel suceso?

-Por supuesto. Dejé de ser irresponsable y me mantuve en silencio, fuera del camino de papá. Quería demostrar que podía. Eso es lo que haces con un padre duro.

-¿Cómo funcionaba eso? ¿Era para detener la agresión?

-En cierta forma. Quiero decir, si demostraba que podía y estaba lejos, no había ningún problema.

-¿Tenías miedo?

-Charles, ¿realmente precisamos investigar esto? Sé que el hombre que fue mi padre se equivocó al tratarme así, pero lo superé hace tiempo. ¿De verdad es necesario revivir todo eso de nuevo?

-Absolutamente –exclamó Charles taxativo-. Sigamos. ¿Qué más recuerdas?

De repente comenzaron a aflorar nuevas escenas…

-Mi madre tenía una salud delicada y sufrió durante muchos años –balbucí-. Mi padre y yo hacíamos esfuerzos para ayudarla. Muchas veces lo sentí sollozar preguntándose por qué le había tocado enfrentar una situación tan dolorosa. El día de la muerte de mamá llamaron a papá con urgencia del trabajo y él tuvo que ausentarse. Yo era el único que estaba en la casa. No sabía qué hacer, le rogué a

Dios que me ayudara y yo creo que lo hizo a través de mi madre, que antes de morir, me dio un precioso mensaje.

-La vida nos quiere mucho y ustedes deben dejarse querer –susurró-. Hijo mío, busca lo que amas y aférrate a ello, no dudes y ama como yo los amé.

Llorando me di cuenta que ella exhalaba su último aliento. Me quedé solo por horas. Cuando llegó mi padre cubrió su cara con una sábana y me pidió que dejara la habitación. Esa noche le conté sobre las últimas palabras de mamá. El me miró y cerró los ojos.

-La vida es dura –lastimó mi alma con su sentencia-. No te aferres mucho al amor, que puedes perderlo.

- Qué edad tenías? -preguntó Charles.

-Diez años.

-¿Qué emociones sentiste?

-La tristeza de la muerte de mi madre. La soledad del desenlace. La dureza del mensaje de mi padre.

-¿Qué más puedes ver?

-Veo a mi padre indignado… furioso... Nunca fui un chico muy popular. El lugar donde crecí era un pequeño pueblo. Tenía dos grandes amigos que se llamaban Larry y Carlos. Todos éramos muy poco hábiles con las manualidades. Al menos eso siempre nos dijeron. Como no había mucho que hacer, siempre estábamos fabricando juguetes: cohetes, autos de madera o castillos. Queríamos demostrar que podíamos.

-¿Pero por qué tu padre se indignó? –se impacientó Charles…

-Espérate, no me apures… Uno de nuestros proyectos más anhelados era crear un aparato capaz de cruzar el cerro. Llevábamos años en la tarea de vender clavos para comprar los materiales. Nos demoramos meses en hacer la construcción. Cuando estaba todo listo, Larry decidió ser el valiente que volaría con el aparato. En la mitad del camino el material cedió y mi amigo cayó al suelo fracturándose varias costillas. Luego de este incidente mi padre me prohibió volver a ver a mis amigos. Los llamó la basura que me llevaría a la perdición. Me dijo que no tenía habilidades manuales y que por eso era responsable del suceso. Me hizo creer que no debía confiar en nadie, que nunca podría tener habilidades manuales y que estuve próximo a matar a una persona por la inoperancia de una pila de zánganos inútiles, entre los cuales destacaba yo como el más imbécil...

-Debe haber sido duro perder a tus amigos, destruir la confianza en ti mismo y desconfiar de todo el mundo -dijo Charles-. ¿Qué emociones sentiste?

-Impotencia, sensación de pérdida e inseguridad. Fue muy injusto. Éramos más que amigos, se hundía uno y caíamos todos...

-¿Creíste lo que te dijo tu padre? -preguntó Charles.

-¿Qué cosa?

-Que no tenías habilidades manuales, que eras un imbécil y que no debías confiar en nadie.

-De cierta forma sí.

-¿Por qué?

-No sé…

En ese momento recordé mi primer negocio, a los dieciocho años…

-Con Ítalo Spiker, mi socio –le relaté a Charles- vendíamos corbatas finas. Estábamos pasando por un grandioso momento y nuestras entradas monetarias iban en aumento. Un día llegó Ítalo con una muy buena noticia: habíamos cerrado un contrato con una empresa estatal que nos llevaría al siguiente nivel y para lograrlo, debíamos firmar una garantía. Como él era extranjero yo me hice cargo. Unos meses después fui notificado por embargo de quiebra. Spiker me había estafado. Dos semanas después, lo perdí todo. ¿No te parece suficiente? Por confiar y no tener habilidades de análisis me fui a la bancarrota.

-¿Qué fue lo que más te afectó, la traición, la carencia de habilidad de análisis o perder lo monetario?

-La traición –exclamé con ira-, porque sentía que yo no era lo suficientemente valioso para seguir adelante o incluso tener la inteligencia de darme cuenta de la calaña de las personas. Me estafaron como a un vulgar burro. ¿Cómo puedo confiar en alguien?

-Parece que ver la escena te hizo recuperar la molestia.

-Así es –respondí sintiendo que la cabeza caliente.

-Ok. Sigamos adelante.

El siguiente escenario me angustió aún más…

-Estaba solo en un tremendo salón. Era la noche de Año Nuevo. En mis manos sostenía un vaso de whisky –comencé a contar cerrando los ojos y reteniendo el dolor en mi pecho-. Era un hombre solitario. No tenía propósito. Sólo estaba allí. No dije nada, no hice nada. Sabía que era infeliz... Sabía que tenía todo, pero mi vida no se dirigía a ninguna parte. No tenía familia, ni siquiera una mascota. El calendario marcaba pocos meses antes del evento que me hizo perder la memoria. Mi vida era inmensamente miserable. Yo con tanto, pero con tan poco…

-¿De verdad crees que no fuiste feliz? -preguntó Charles.

-Sí. Sin duda. Tuve esa sensación en el hospital cuando estaba solo…

-¿Por qué crees que estabas solo?

-Tener una familia era un acto de fe que no estaba dispuesto a dar… aunque sí existió alguien… Mi novia de los dieciocho años… Sin embargo, ella no fue capaz de enfrentar a su padre, que me odiaba sólo por amar a su hija. El día en que ese energúmeno me enfrentó, acusándome de ser un zángano inútil y aprovechador, ella no fue capaz de defenderme…

Me detuve y miré a Charles directamente a los ojos...

-Dijiste que los temas inconscientes de mi vida eran una parte importante del por qué estoy aquí –volví a insistir.

-Así es… Observemos lo que hemos resucitado, y analicémoslo detalle a detalle –me propuso él-. ¿Recuerdas la conversación con el profesor? Hay algunos patrones y limites invisibles que se están presentando a través de estas historias. Déjame explicarlo. En primer lugar, ves la imagen de un padre como alguien duro y a quien temer. Luego, consideras que es preferible no amar porque puedes perder. Tu cerebro aprendió que amar es peligroso. La enfermedad y el sufrimiento de tu mamá te enseñaron que el mundo era un lugar triste y solitario. Con la traición de Ítalo asumiste que todo era injusto y tu bancarrota te hizo creer que no podías tener amigos. Estabas solo y llegaste a la conclusión de que la riqueza era lo único seguro, aunque no te hacía feliz ni tenías un propósito en la vida. ¿Estoy bien hasta aquí?

Asentí con resentimiento.

-Adicionalmente, creo que hay otros aprendizajes sobre las personas. La relación con tu papá te enseño que no existía ese ser idílico de la publicidad, sino un personaje duro y frio. Tus amigos que no hicieron mayor esfuerzo por volver a verte, te generaron decepción y falta de confianza. El primer amor de tu vida no dijo nada para defenderte mostrando indiferencia. Tu socio no te valoró y te cambió por dinero transmitiéndote que el fin justifica los medios. Entonces, te refugiaste en la soledad por miedo a perder nuevamente. ¿Voy bien?
-Sí, vas bien...
-Finalmente, te hiciste una idea muy errada de ti mismo. Creíste que eras estúpido a causa de tu padre. Pensaste que fue tu culpa no pedir ayuda cuando tu madre murió y estabas solo. Creíste que eras torpe por el negocio que falló. Pensaste que te estafaron por tu falta de habilidades. Y así internalizaste que no valía la pena volver a sufrir y ni siquiera intentaste cambiar el orden de cosas.
Lo miré fijamente, asintiendo con la cabeza.
-A lo largo de tu historia, tu cerebro ha creado carreteras eléctricas sobre las cuales se fueron gestando tus conductas y tu creencia de que el mundo es un lugar triste y solitario. ¿Crees que estas carreteras eléctricas que funcionan automáticamente en tu cerebro han afectado tu estilo de vida?
-Absolutamente.
-¿Crees que tus acciones están condicionadas por estos patrones?
-Sí, de todas maneras.
-¿Crees que al haber sabido esto antes podrías haber cambiado tu vida?
-Posiblemente.
-¿Estás dispuesto a dejar todo lo que sabes y empezar nuevamente?
Pensar en un cambio tan drástico me produjo una profunda angustia...
-Bien –pronunció Charles dándose cuenta de mi estado de ánimo-. Pronto aprenderás que los limites invisibles en tu cerebro te impulsan a ser temeroso, a no creer en el amor y a dudar de tus capacidades.
-Suena coherente –acepté.
-Lo anterior es la fórmula para una vida solitaria condicionada por los límites invisibles que se han establecido en tu cerebro y que te obligan a repetir conductas poco sanas cada segundo, minuto, día y mes...

año tras año… y tú lo dejas hacer sin ningún tipo de resistencia. Permites que tu cerebro manipule tus vivencias y que esas vivencias guíen tus comportamientos creando límites gigantescos que nunca te cuestionas. Eras demasiado joven para analizar esas realidades creadas por tu cerebro y decidiste aceptarlas, pero tuviste la opción de rechazarlas o al menos observarlas, pero ya como un adulto era cada día más difícil. Eran parte de tu realidad…

En ese momento apareció el profesor Zúñiga y se dirigió a mi sonriendo burlonamente…

-Klas —me dijo con cariño-, relaja por favor tus músculos. Te veo tenso… ¿Quieres saber por qué tu padre te envió aquí?

Lo miré ansiosamente esperando una explicación…

-Te envió porque se sentía peor que tú.

-¿Se sentía peor que yo?

-¿Es difícil de creer, cierto? —intervino Charles-. Algunas cosas tienes que verlas por ti mismo. Muchas veces no hay forma de explicar las emociones.

El profesor me miró afirmando con la cabeza, sonrió levemente y se alejó con paso ligero…

Capítulo 13
LA FUERZA INCONSCIENTE

Charles y yo nos levantamos sin pronunciar palabra. Lentamente caminamos hasta llegar a una galería de arte de La Academia. Cuadros de colores intensos con diversas escenas de personas meditando o conectadas con la Luz me impresionaron favorablemente. Una gran cantidad de público observaba con atención pasando de un óleo al otro y comentando con entusiasmo sobre colores y texturas. Cuando la sala se empezó a repletar Charles me hizo una seña y me mostró algo que había más allá de la puerta abierta frente a nosotros.
–Mira –dijo.
A la salida de la galería, una feria de ciencia presentaba diversos experimentos. Hombres y mujeres vestidos con batas blancas manipulaban tubos de ensayo, probetas y botellas con líquidos de distintos colores. Había explosiones, fuertes luces y calor. A unos metros vi un puesto que se llamaba Primera Aparición.
-Solamente observa –me recomendó Charles…
En ese momento el científico de ese stand provocó una explosión llenando el ambiente de humo. El fuerte sonido me golpeó…
-Mira con detención –me susurró Charles.
Lentamente la nube de humo se fue disipando y un escalofrío recorrió mi cuerpo cuando percibí que al fondo se perfilaban Ítalo, mi novia, su padre, Larry y Carlos… Cerré los ojos con fuerza y volví a abrirlos para descubrir si estaba alucinando, pero seguí viéndolos… Era todo tan real…
Me di vuelta buscando a Charles, cuando un hombre pasó por delante de nosotros. A pesar de que su rostro estaba en nebulosa supe que era mi padre. Se veía triste.
-¡Papa! -grité frenéticamente-. ¡Papa, soy Klas!
Traté de acercarme, pero Charles me tomó firmemente del brazo
-Es sólo una imagen –dijo-. Él no está aquí.
Sin hacerle caso me solté como pude y corrí hacia mi padre, cuyas mejillas estaban mojadas por las lágrimas. Miraba fijamente a alguien postrado en una cama… Era yo… inconsciente en el hospital…
-¡Papa! –aullé lanzándome en sus brazos…

Estrepitosamente caí al suelo luego de pasar a través de su imagen…
Me levanté para volver a tocarlo y nuevamente agarré sólo aire.

-¡No seas porfiado, en este momento es una imagen etérea, no puedes abrazarlo! –me repitió Charles acercándose-. Sólo mira y escucha atentamente.

-¡Que se muera ese inútil, tu hijo es una basura! –gritó el padre de mi novia.

-Tú no hiciste nada por ayudar a Klas a evitar la quiebra –susurró Ítalo.

-Nunca pude estar con él tranquilamente porque tú lo evitabas –gritó ella.

-Perdimos a nuestro amigo por tu culpa –la acusaron Larry y Carlos.

-¿Qué sientes por no haberlo apoyado? –lo enfrentó Ítalo.

-Nunca le diste amor –lo acusó mi novia…

-¡Papa no les hagas caso! –le pedí ansiosamente.

-¡Alto! ¡Por favor paren! ¡No más! –imploró él.

En ese mismo instante desaparecieron el científico y todo lo que había en la feria. Miré a mí alrededor y divisé a mi padre llorando de rodillas al lado de la cama del hospital…

-Oh, papá –murmuré-. Cuánto lo siento, no fue tu culpa, lo siento mucho.

Traté de tocarlo pero sólo pude sentir el liviano aire cálido que me rodeaba. Mi padre se secó las lágrimas y se levantó. Miró a su alrededor y también notó que ya no había nadie. Repentinamente sentí sonidos que venían desde el fondo, donde había un pequeño bosque oculto entre la neblina. Poco a poco las voces se fueron acercando y pudimos escuchar los mensajes…

-Esto fue por tu culpa –murmuró suavemente una mujer-. Vas a estar solo para siempre.

Mi padre lanzó un grito estremecedor intentando apagar las voces que lo torturaban. Luego comenzó a correr y yo traté de seguirlo.

-Es sólo una imagen, Klas, es solo una imagen –me volvió a recordar Charles agarrándome de un brazo-. El ya no está aquí.

Devastado me desplomé quedando de rodillas sobre los duros adoquines del camino. Las voces de la neblina hacían eco en mi mente. Charles puso su mano en mi hombro y se arrodillo a mi lado mientras sentíamos la frescura de la brisa.

-Lo que escuchaste fue lo que él oía en su cabeza –me explicó luego de un largo silencio-. Cada día, desde que eras pequeño, tras la muerte de tu madre, esas voces han estado brincando en su cabeza, y él ha cargado con la culpa toda su vida.

-¡Qué fuerte!

-Esas voces creadas por su inconsciente se transformaron en un límite invisible.

-Pero ¿es posible destruir esos límites en su cabeza? –pregunté ansioso.

–El lo ha logrado, pero ¿acaso tú lo estás consiguiendo?

-¿Qué quieres decir?

-Tú también escuchas voces, pero a veces sin forma de palabras. Recuerda las conductas automáticas que hace poco revivimos… No debes amar porque puedes perder, por ejemplo… ¿Acaso has podido cambiarlo?

-Es completamente diferente.

-¿Ah sí? –su tono era cariñosamente burlón-. ¿Me podrías decir cuál es la diferencia?

Me reí… había entendido el mensaje, que hizo "clic" en mi cerebro…

-Esas carreteras eléctricas sobre las cuales se fueron gestando tus conductas y tus creencias –me informó Charles- están siempre en funcionamiento, grabadas en la parte más profunda de tu mente. No tendrás ningún control sobre ellas si no las desarticulas. Hasta ese momento todo seguirá siendo automático y te controlará mecánicamente. Cuando estás próximo a enamorarte… se aplica el freno…

-Wow. ¿Acaso puedo hacer algo para cambiar?

-Primero, debes controlar tus emociones antes que ellas te controlen a ti. Si recién hubieras podido hablar con tu papá ¿qué le habrías dicho?

-Le diría que esas voces no son reales. Le diría que lo necesitaba en mi vida y no a sus pensamientos errados. Le diría que el dolor es algo que no se debe evitar. Le diría que merecía ser feliz. Le diría que mamá lo amó realmente. Le diría que nada fue su culpa. Le diría tantas cosas…

-¿Y le has expresado esos pensamientos alguna vez?

-No, nunca… me parece… Si bien hay muchas cosas que todavía no recuerdo, las escenas que he visto me demuestran que no hemos tenido una buena relación y que me he enclaustrado en la soledad y en el trabajo. Es deprimente.

-Así es -suspiró Charles. -Entonces ya sé quién es la profesora que necesitamos visitar ahora.

Capítulo 14
EL MISTERIO DEL VIOLÍN

Charles se dirigió hacia uno de los edificios de La Academia sin decir nada más. Subimos y llegamos a un salón con muchas puertas. Parecía la parte central de un museo. Cuadros, estatuas, esculturas. Todo era perfecto. La última puerta era de madera y decidimos cruzarla. Al abrirla nos sorprendió un panorama absolutamente fuera de lugar… Estábamos frente a un muelle… Sólo nos acompañaba la brisa y unas cuantas casas blancas a un costado. Repentinamente me di cuenta que habíamos llegado a un lugar de Cerdeña, donde yo había estado el año pasado. El mar adquiría distintos tonos de turquesa y verde. Los barcos de todos colores permanecían atados bamboleándose con el suave oleaje… Había vivido demasiadas emociones y esto era el corolario de lo inexplicable, así que sólo me dejé fluir… y seguí adelante como si todo lo que me rodeaba fuera absolutamente normal y corriente…
Caminamos por el muelle rodeado de palmeras al borde del océano. Pequeñas tiendas locales lucían distintos tipos de atractivas mercaderías. Al final del camino, frente a una enorme carpa, un tumulto de personas hacía fila para entrar. Un hombre vestido en un perfecto traje marinero color azul iba haciendo preguntas a las personas de la fila. Cuando llegó a nosotros nos avisó que el seminario estaba a punto de comenzar.
-¿Vamos a un seminario? -le pregunté a Charles.
-No -respondió él-. Vas a ser parte del mismo.
Al entrar todo cambió. Ya no era una carpa, sino un hotel lujosamente amoblado. Caminé hacia el estrado impactado por el equilibrio y delicadeza de la decoración, mientras Charles conversaba con el hombre del traje marinero. Cuando regresaron, me hizo un gesto, y, sin decir una palabra, me llevó al backstage, donde divisé a una atractiva e imponente mujer sentada frente a una mesa de cuarzo blanco. Llevaba un vestido rosa pálido con bordados grises, un cinturón color plata pero sobrio y pendientes azul índigo. Su largo vestido dejaba ver la punta de unos zapatos cuyo color coincidía con

sus pendientes. En ese momento se maquillaba, delineando sus cejas detalladamente.

-Adrianne –se acercó Charles-, tengo un asistente para ti.

Ella posó su mirada en Charles y luego me observó a mí. Se puso los anteojos lentamente y cuando reconoció a Charles su mirada cambió de extrañeza a júbilo.

-¿Eres tú? -dijo con visible entusiasmo.

-Soy yo, querida amiga.

Adrianne brincó de su asiento y envolvió a Charles en un cálido abrazo. Era una mujer de unos 52 años, alta, rubia, delgada, con una nariz aguileña que le aportaba personalidad. Me recordó a la actriz española Marisa Paredes, que protagonizó la película "Tacones Lejanos".

-¡Tantos años sin saber de ti! –exclamó. Luego nos miró fijamente a los dos, titubeó y al parecer decidió aclarar algo…

-Charles, estamos a minutos de iniciar. ¿Qué estás haciendo aquí? –preguntó abruptamente.

-He traído a mi amigo Klas –respondió él- para mostrarle el camino del cambio y así ayudarlo.

-¡Dios mío, Charles! ¿Estas consciente? ¿Estás seguro? Tú conoces las reglas mejor que nadie. Antes necesita una larga preparación… Sólo podría aceptarlo porque tú me lo pides…

A mi mente vino lo que había sucedido al entrar en La Academia. Al parecer era realmente un honor de ecos internacionales que Charles me estuviera apadrinando para participar de diversos actos, cursos y seminarios, para los cuales al parecer no estaba preparado.

-Perdonen, ¿me podrían explicar qué pasa? –pregunté.

Ambos se miraron y me ignoraron como si yo no hubiera hablado.

-¡Es cierto! -exclamó Adrianne después de contemplarlo seriamente-. Realmente estás seguro.

Charles asintió con la cabeza y yo sentí que estaba próximo a develar un gran secreto, del cual yo mismo formaba parte.

-Ok -dijo Adrianne-. ¿Que tienes en mente?

Alejándose de mi lado, ambos murmuraron durante un buen rato. Mientras tanto yo recordé que Charles me había relatado que Adrianne aseguraba ser descendiente de El rey Víctor Amadeo III de

Saboya, quien se alió con el reino de España, con el imperio romano germánico y el reino de Prusia para hacer frente a las embestidas de la Revolución Francesa. Sin embargo, fue abatido por Napoleón Bonaparte en 1796 perdiendo sus posesiones en Piamonte, el Ducado de Saboya y el Condado de Niza, historia que según Charles ella relataba con lujo y detalles. En la actualidad Adrianne estaba divorciada de un médico francés y tenía un hijo que vivía en París, al cual visitaba habitualmente.

Cuando ambos volvieron sin explicaciones, a lo cual ya me estaba acostumbrando, me tomaron del brazo, me guiaron a una gran sala donde había unas trescientas personas y me sentaron en la primera fila en el momento en que un presentador iniciaba el congreso.

Durante los primeros veinte minutos hablaron académicos y científicos, pero mi atención estaba puesta en otra parte, reflexionando acerca de todo lo que había experimentado en las últimas horas. Tras una breve introducción, Adrianne entró al escenario radiante.

-Ilustres presentes –comenzó a hablar con una voz ronca y sensual, que no era producto de una adicción al tabaco según me dijo Charles, sino tan solo una característica de su personalidad-, esta noche serán testigos de la magia de la ciencia, van a ver el poder de nuestra mente automática. Van a descubrir las posibilidades que se abren cuando cambiamos nuestras carreteras eléctricas... ¡Desafiaremos lo imposible!

Los presentes aplaudieron calurosamente...

-Sus mentes funcionan de la siguiente forma –continuó la oradora-. Tienen una parte manual y otra automática. En la manual está lo que controlamos, la conciencia, que sin embargo sólo puede ocupar un diez por ciento de la capacidad del cerebro. La sección automática, el inconsciente, tienen poder y vida propia, contienen todo lo que no controlamos y nos mantiene vivos: Respirar, coordinar el corazón, las múltiples funciones del páncreas, entre muchísimas otras. También anida las habilidades más impresionantes, en forma de carreteras eléctricas. Pronto serán testigos de lo que estoy hablando.

Adrianne nos pidió que cerráramos los ojos...

-¿Quién de vosotros cree que controla sus acciones por completo y es racional? –preguntó-. Les ruego que permanezcan con los ojos cerrados durante unos minutos y luego respondan a esta pregunta.
El silencio fue total…
-¿A ver? –dijo enseguida-. Levanten la mano los que tengan una respuesta afirmativa.
Más de la mitad del público levantó la mano.
-¡Perfecto! -exclamó–. Tengo unas consultas para ustedes. ¿Quién de vosotros ha pagado un año de gimnasio y nunca ha ido? ¿Quién de vosotros haciendo dieta, ha caído rendido ante un chocolate? ¿Quién de vosotros se ha enamorado de alguien que sin duda les haría daño?
Una risa cómplice estalló en la audiencia.
-Entonces, si somos racionales, ¿por qué no hacemos lo que sabemos es mejor para nosotros? –preguntó Adrianne, quedándose luego un buen rato en silencio observándonos…
Yo sentí que su pregunta era importante y me pareció necesario reflexionar al respecto…
-Ahora, lo que todos están esperando –continuó-. ¿Existe algo que te parece imposible de llevar a cabo? ¿Por ejemplo, sabes tocar el violín?
Me miró directamente, levantando las cejas.
-No, claro que no –me atreví a responder-. Es imposible que toque el violín.
-Ven, sube al escenario –me impulsó-. Apúrate, no tenemos todo el tiempo del mundo…
Tímidamente me levanté de mi asiento y subí al escenario. A esas alturas ya quedaba poco del magnate indiferente y autoritario, que se había ido diluyendo a medida que Charles y otros personajes de La Academia me sometían a todo tipo de pruebas que sin duda habían logrado transformar mi personalidad…
Adrianne me hizo una seña para que me sentara en una silla, se puso frente a mí y colocó sus manos sobre mi frente.
-No te muevas. Cierra los ojos y piensa que estás tocando el violín –me exigió con voz fuerte al mismo tiempo que apretaba mi cabeza con ambas manos…

-Concéntrate, vas a sentir un golpe eléctrico muy fuerte. No debes tener miedo ni reaccionar. Modificaremos tus carreteras para ver qué puedes hacer.

El silencio en la sala era sepulcral. Por alguna razón, su enérgico tono de voz me daba confianza.

-El poder de la mente estará en ti –aseveró-. Cuando regreses solamente toma el violín y no dudes. Podrás tocarlo y no te demandará mucha energía.

Apenas terminó de hablar me vi sumergido en un trance que duró varios minutos. Se inició con un golpe de corriente muy fuerte, que partió en mi cerebro abarcándome desde la cabeza a los pies, irradiando mi cuerpo con ondas de energía que me hacían temblar. Estaba en la oscuridad. Pude ver cómo la electricidad se abría camino hacia lo alto y generaba en el aire una red infinita. Un abrupto sonido me hizo volver. Abrí los ojos… Adrianne me miró muy seria y me preguntó si estaba bien.

-Sí –respondí sin saber si efectivamente era así…

-Damas y caballeros –advirtió mirando a la concurrencia-, les presento a Klas Roland, el violinista.

Sobre una mesa a un costado del escenario, había un violín. Me paré, lo cogí con solemne seriedad, impresionado por su belleza. Jamás había tenido un instrumento musical en mis manos, pero sentí que lo conocía desde épocas inmemoriales.

-¿Nos tocas algo, violinista? –me pidió Adrianne-. Estamos todos expectantes.

Coloqué el instrumento bajo mi barbilla, cerré los ojos y recordé el juramento que le hice al profesor en cuanto a no cuestionar nada... La multitud se percibía expectante. El silencio sepulcral se hizo más profundo. Podía escuchar mi respiración. Y de repente, sin titubear, estaba interpretando la canción "We Must Go On" de Paul Suchow. Lo más inaudito fue que, tocándola magistralmente, era la primera vez que escuchaba esa melodía. Mi emoción se desbordó y dos lágrimas resbalaron por mis mejillas…

-Damas y caballeros, por favor un fuerte aplauso para Klas… ¡el violinista! –escuché que solicitaba Adrianne al terminar mi interpretación.

La audiencia se puso de pie y aplaudió con tal fuerza que mi emoción se transformó en éxtasis.

-Este es el poder de la mente automática -continuó la oradora-. Hemos modificado las carreteras eléctricas de nuestro amigo Klas usando un poder que todos nosotros, los seres humanos, poseemos... Como ya vieron, amigos, tenemos un nuevo violinista. Desafortunadamente, crear una carretera eléctrica no es tan fácil, puede tomar mucho tiempo, dependiendo de nuestras características personales y experiencias, porque todos somos seres diversos y complejos, lo que forma parte de la belleza del ser humano. El desafío es detectar cuáles son nuestras carreteras eléctricas y cómo modificarlas cuando así lo determinemos...

Capítulo 15
LA FURIA DE UNA MAESTRA

Después de lo ocurrido, esperé un buen rato a Adrianne en el cuarto donde me había recibido cuando llegué con Charles. Finalmente, ella entró como si nada hubiese ocurrido, sonriendo y cantando.

-Perdón por la demora -dijo–. Me he quedado respondiendo preguntas. ¿Qué opinas del show?

-Eh… bueno… yo…. ¿Como lo hiciste?

-Yo no hice nada! ¡Tú lo hiciste!

-No puedo creer lo que sucedió. No entiendo el truco. Realmente parecía que tocara de verdad.

-¿Realmente crees que fue una ilusión?

-¡Absolutamente! ¿Cómo va a ser posible que un ignorante en música como yo toque semejante obra de arte?

-Tú mismo te contestarás hombre de poca fe. Toma el violín que está justo detrás tuyo y toca algo para mí. Con esa forma de actuar no vas a conquistar a ninguna mujer. ¡Sólo toca!

Tome un hermosísimo Stradivarius que lucía su escultural belleza. Tenía grabado en su parte trasera un logo que parecía un B cuadrada. Sin titubear procedí a poner el arco sobre las cuerdas e interpreté una parte del hermoso Concierto Número Uno de Mozart. Recordé que mi madre solía escuchar esa melodía cuando tejía en una salita de nuestra casa y mis ojos se llenaron de lágrimas…

Al terminar dejé el instrumento en su estuche y me tranquilicé mientras Adrianne me miraba con cariño.

-Ya ves –musitó-, ahora podrás hacerlo para siempre.

-¿Cómo es posible? –pregunté recuperándome de la emoción.

-Realmente, es bastante simple. Modifiqué la parte automática de tu cerebro donde incluí las carreteras necesarias para manejar la técnica de tocar el violín. Esencialmente hice algo que se ve simple. No te puedo decir cómo. Es importante que sepas que la carretera eléctrica que incluí hoy no es exactamente así como se obtiene. Es un proceso largo, a algunos les costará más y a otros menos, aunque no todos tienen tu suerte…

-No… no puedo creerlo ¿Eso es todo?

-Eso es todo, pero recuerda lo que he dicho, piensa en ello, analízalo. Tuviste la dicha que incluyera una carretera para ti... eso vence las reglas naturales. Es irrepetible. Todo lo que haces, tus habilidades, reacciones, acciones, todo lo que crees sencillo y no te das cuenta de cómo lo has realizado, forma parte de tus carreteras eléctricas. Allí radican tus habilidades, pericias, destrezas. Lo que haces mejor que el resto está justo ahí. ¿Me sigues?

-Eso creo –hice una pausa para asimilar lo que había escuchado-. Según puedo entender, estás diciendo que nuestras habilidades están insertas en carreteras eléctricas y la forma correcta de obtener una habilidad es creando una nueva.

-Cerca –afirmó ella-. No te olvides que nunca dije crearlas. Dije incluirlas. Las carreteras siempre están presentes y disponible para todos los seres humanos. Sólo deben ser desbloqueadas. Algunas personas, por su memética, las traen pre incluidas en su realidad y por eso nacen con ciertas habilidades. Eso es conocido como un don o talento. Todos pueden llegar a ser el mejor del mundo en algo, pero quienes nacieron con carreteras eléctricas precargadas tendrán una gran ventaja. Por eso a algunas personas les cuestan tanto y a otras les parece tan fácil.

-¿Y cómo puedo saber cuáles son mis carreteras eléctricas precargadas? –pregunté sintiéndome como un joven estudiante interesado en la materia que me explicaba la profesora.

-Parte del secreto de lo que hoy has visto es poner especial atención en cuáles son tus carreteras precargadas y ponerlas en práctica sabiendo que en ese terreno tienes una ventaja frente al mundo. ¿Te hace sentido?

-Absolutamente –aseguré y lancé una broma-. ¿Ahora, podríamos cambiar mi carretera del violín por una que me permita hacer más carreteras?

-Escucha bien –me enfrentó Adrianne con una mirada profunda y molesta-. Noto que no has entendido la importancia de lo que te acabo de enseñar.

-¿Yo? Sí, claro que entendí.

Ella no se veía convencida...

-Antes de iniciar el espectáculo conversé con Charles. El me contó tu condición y sólo por eso decidí a mostrarte este secreto. Ahora, ¿estás dispuesto a saber lo que sigue?

-No llegué hasta aquí para decir que no –aseveré.

-Bien, esa es la actitud. Tuviste suerte con el violín. ¿Cuántas personas en ese salón podrían tocar como tú? Has puesto en marcha esa habilidad. Aprendiste la importancia de las carreteras eléctricas y ahora podrás reconocer cuales te pertenecen para luego potenciarlas. ¿Estás de acuerdo?

-No sé…

Se puso de pie, su rostro cambió dramáticamente y generó un clima hostil. Repentinamente me dio un empujón… Su transformación me golpeó como una ventolera invernal dejándome sin movimientos y con el cuerpo erizado. Estaba inmovilizado por su agresividad y recordé que Charles también me había confidenciado que Adrianne solía usar métodos muy poco ortodoxos cuando quería mostrarle algo a sus discípulos más testarudos…

-Me imagino que Charles te informó que soy discípula del mismísimo genio creativo de Ma Tzu, quien hizo que mucha gente se iluminara…

-¿Perdón? ¿Y eso qué significa?

-Tan sólo te puedo contar que Ma Tzu tiró a un hombre por la ventana de una casa de dos pisos porque fue a preguntarle sobre qué meditar. Y enseguida saltó detrás de él, le cayó encima, se sentó en su pecho y le preguntó "¿has entendido?". El hombre respondió que sí, por suerte, porque si no quizás le habría pegado. Tu "no sé" merece un golpe fuerte…

Enseguida, me empujó violentamente contra el suelo y se puso a gritar…

-Eres un idiota –vociferó-, hazte responsable y actúa como un hombre de verdad…

Con pánico, me di cuenta de que esas eran exactamente las palabras que ocupó Ítalo la última vez que nos vimos…

Capítulo 16
HALTEROFILIA

-¡No quiero más! ¡No quiero más! —grité mientras corría lejos de Adrianne y de su inesperada agresividad. De un momento para el otro, sin saber cómo, volví a estar en La Academia, acelerando cada vez mi carrera por sus jardines.

-¡Un minuto por favor! ¡Por favor espera! -tras mío sentí la voz de Charles pidiéndome que me detuviera, pero no le hice caso...

Había anochecido y seguí corriendo bajo los bellos faroles que me guiaron hacia el puente y la salida.

-¡Un minuto por dios santo! —continuó gritando Charles.

Seguí corriendo mientras pensaba que todo lo que me había ocurrido era una estupidez...

-¿Límites invisibles? ¿Nada es imposible? ¿Carreteras eléctricas? —murmuré-. ¡Patrañas! ¡Que se jodan todos!

La rabia fermentaba en mi interior. Quería estar fuera pronto.

-¿Cómo se atreven a hacerme esto? ¿Cómo se atreven a hacerme firmar un papel invitándome a convertirme en mi mejor versión si uno de sus profesores me agrede? ¿Qué saben de mí? —grité mientras desaceleraba porque ya estaba muy cansado-. ¿Cómo fueron tan canallas de utilizar todo lo que les conté en mi contra?

Con la ira como combustible volví a correr tratando de dejar atrás a Charles que ya estaba por alcanzarme, pero justo cuando llegué a la banca de nuestra primera conversación escuché una voz que decía "tarjeta amarilla". Era el profesor Zúñiga, quien se había parado frente a mí obligándome a detenerme.

-Firmaste, juraste y diste tu palabra —me enfrentó enojado-. ¿Siempre fallas a tu palabra? ¿Dónde está Charles?

-Acá vengo —respondió Charles acercándose. A pesar de la larga carrera tras mío no se le veía muy cansado. Sin duda había vencido alguno de sus límites invisibles...

-No estoy faltando a mi palabra —me defendí-. Ustedes juegan conmigo. No sé ni me interesa saber nada más. ¡Me voy!

Me di vuelta buscando la salida sin titubear.

-¡Detente de inmediato! —la voz del profesor sonó potente, estricta y autoritaria. No pude desobedecerle…

Sus ojos me miraron con rabia y su ceño se frunció.

-¡Deja de quejarte y alegar ahora mismo! -me ordenó-. Si tú fueras cualquier otro no sólo te dejaría ir, ya te habría expulsado. Todas las situaciones que has enfrentado han sido para que veas tu pasado y reacciones en consecuencia. Pero al parecer eso no está ni cerca. Sigues pegado en la víctima…

-¿Por qué les importa tanto que reaccione? —pregunté quedándome inmóvil, mientras Charles me palmeaba la espalda.

-Nos importa por tres razones —respondió el profesor-. Uno, tienes un papel cuya importancia desconoces. No sabes que tiene el poder de potenciar a las personas y es necesario que te ayudemos a descubrirlo. Dos, Charles se ha dado el trabajo de mantenerte aquí. A él le importas por alguna razón que desconoces y no me gustaría que su esfuerzo se pierda por tu falta de coraje. Tres, tu padre te mandó y no creo que un berrinche infantil sea más importante que el amor filial.

-¿Por qué ese papel es tan importante?

-¿Ves? Estás lleno de preguntas. Tu aprendizaje no ha terminado, así que todavía no te puedes ir. Quieres recuperar tu memoria, entender qué hay en el papel que posees, saber por qué estás aquí, descubrir el verdadero poder de tu cerebro, crear un nuevo futuro. Todo esto y más lo sabrás pronto.

-¿En cuánto tiempo más?

-Eso depende de ti. Así que no te puedes ir de La Academia.

Caminamos de regreso por el sendero principal. El suave aroma de las flores me ayudó a disipar mi cólera.

-¿Qué fue lo que te hizo abandonar? —me preguntó el profesor, mientras Charles seguía caminando junto a nosotros, sonriendo levemente.

-Adrianne. Ella se puso agresiva; comenzó a tratarme muy mal y a gritarme.

-¿Adrianne? ¿La bella y delicada Adrianne? ¿Ella se puso agresiva? —exclamó irónico el profesor-. ¡Wow! ¿Qué le hiciste?

-No tengo la menor idea. Fue súbito… ella me insultó con las mismas palabras que mi socio ocupó la última vez que lo vi.

-¿Que emoción sentiste cuando reviviste el grito de Ítalo? –intervino Charles.

-Impotencia.

-Ya veo –retomó la palabra el profesor-. Adrianne te trató tan mal para provocarte y hacerte reaccionar en forma diferente a la que has acostumbrado en el pasado.

Habíamos cruzado el campus y llegamos a un centro de deportes. A un lado estaba el gimnasio y al otro las canchas. Entramos por una amplia puerta y vimos una serie de trofeos de futbol, tenis, golf, voleibol y halterofilia, el deporte olímpico que consiste en el levantamiento de halteras o pesas.

A pesar de que ya era muy tarde, varios jóvenes practicaban levantamientos. Un hombre pequeño, de barba blanca y uniforme rojo, les daba instrucciones. Cuando nos vio sonrió y se acercó.

-Señor profesor, Charles, un gusto verlos por estos lados –dijo entusiasmado-. Hace tiempo que no venían a hacer ejercicios.

-Hola, veo que su inteligencia sigue intacta, Ramiro –bromeó Charles sacándole una carcajada al instructor-. ¿Cómo están los levantadores de pesas de la casa?

-Mis orgullos, ellos están excelente –respondió Ramiro-. Cada día más fuertes. Somos los campeones mundiales. Debemos entrenar duramente para mantener nuestro sitial. Para eso buscamos ser cada día más exigentes.

-Qué maravilla, siempre tan entusiastas –exclamó Charles, volviéndose hacia mí-.¿Cuánto sabes de Halterofilia?

-Absolutamente nada –respondí tímidamente y agradecido de que Charles me dirigiera la palabra sin trazos de estar enojado por haberlo hecho correr para alcanzarme.

-Ya veo –murmuró mi amigo-. Puede que esto te parezca muy interesante. Es un deporte que a veces parece algo, pero es otra cosa. Ramiro, ¿podrías por favor contarle a Klas de qué se trata?

-Por supuesto. ¿Ves a aquel joven vestido de amarillo? –me preguntó-. Él es Armando, campeón mundial por tercer año consecutivo. Él sabe que es campeón del deporte más antiguo del mundo, que yo practico desde que tenía quince años. Durante las últimas décadas he experimentado y tenido a cargo la preparación de atletas dedicados al levantamiento de pesas. Y he podido constatar que tiene tanta importancia el entrenamiento físico como la preparación mental del deportista. Armando es mi hijo mayor –tengo tres: un hombre y dos mujeres-, pesa más de 105 kilos y puede levantar 250, lo que equivale a dos veces y medio de su masa corporal. Pero para lograrlo no todo es fuerza. Él tiene un control mental que pocos en el mundo consiguen. Para levantar ese peso debe vencer un límite invisible de su cerebro, tal como yo y su madre le hemos enseñado. Mi esposa está muy bien informada y se preocupa de que Armando se alimente como corresponde a un campeón de tal categoría. Entre los dos le hemos explicado que 250 kilos de peso podrían fracturar su espalda en menos de tres segundos y que el cerebro hará lo que sea necesario para que ni siquiera lo intente.

-Explícale a Klas, por favor Ramiro –interrumpió Charles-, eso de que los pesistas no sólo deben poder levantar el peso, sino también vencer su cerebro.

-A ver, existen límites naturales, tales como la gravedad o cuantos kilos se necesitan para fracturar un trozo de madera. Todos los atletas que llegan aquí no creen en sus capacidades. Cuando empiezan, consideran que levantar 120 kilos es algo imposible. Pero es inalcanzable con el cuerpo que tienen en ese momento. Nadie pondría en duda que si entrenas tus músculos crecerán. Pero cuando los músculos llegan al tamaño necesario el cerebro es el freno mayor. Sin embargo, si cada día entreno mi cerebro, lo hago crecer.

-Está claro –comentó el profesor Zúñiga con una sonrisa-. Muchas gracias por la información. Espero verte pronto.

Nos despedimos y Ramiro hizo una reverencia para luego alejarse ágilmente.

-Tiene una familia preciosa –me comentó Charles-. Sus dos hijas son profesoras de arte y trabajan también en La Academia. Su esposa es pintora y muy inteligente. Bueno, volviendo al tema que nos ocupa, me parece que quizás es tiempo de que asumas que ejercitar tu mente tendrá los mismos resultados que hacerlo con tus músculos…

-Así es –dijo el profesor dirigiéndome la palabra-. Es hora de irme. Sólo te queda una tarjeta amarilla y estás fuera. No nos defraudes. Sé digno de estar vivo.

-Escucha Klas –me enfrentó Charles luego de que el profesor, tras un corto apretón de manos, se alejara rápidamente-. Lamento lo que sucedió en Italia. Adrianne usa unos métodos un tanto bruscos. Al pedirle que te pusiera en jaque le permití actuar como lo hizo…
-Adrianne dijo la última frase que ocupó Ítalo –murmuré-. ¿Cómo lo supo?
-En La Academia casi nada se puede explicar con la física del mundo cotidiano. Habitualmente queremos tener ese tipo de definiciones. Ítalo marcó tu vida y Adrianne lo vio en tu cerebro. Entonces te enfrentó al día en que tu socio te afectó profundamente, para que comenzaras a reflexionar… Ha llegado el momento de que perdones a las personas como también te perdones a ti mismo por todo el sufrimiento que has tenido y que has provocado.
Charles me miró directamente a los ojos, atravesando mi alma y llegando a lo más profundo de mi ser.
-¡Debes destruir los limites invisibles que te encadenan! –dijo con pasión-. Esos límites son los que no te permiten tener una segunda oportunidad y, te repito, no te dejan ver para creer. No te ayudan a ser tu mejor versión. Evitan que saques la motivación que llevas dentro. Estos límites son creados por ti e implantan tu realidad. Entiende de una vez por todas que los cambios que necesitas llevar a cabo no son los evidentes. Los pesistas nos dieron esa lección.
-¿Pero cómo puedo empezar?
-Partamos por visitar a Ítalo…

Capítulo 17
CAPILLA SIXTINA

Intentando seguir el paso de Charles, que caminaba muy rápido después de lanzar las últimas e inauditas palabras, en mi mente resonaba la frase que acababa de oír…

-¿Qué? ¿Acaso dijiste que vamos a visitar a Ítalo? –pregunté.

-Efectivamente… Ahora, ¿puedes seguir cumpliendo el trato de no más preguntas por favor? Sólo ven conmigo. Mientras tanto, piensa en qué le vas a decir cuando lo veas…

Salimos del corredor principal y fuimos hacia la biblioteca, un edificio enorme de mármol que me recordó al domo de Milán. El silencio era sepulcral y nuestros pasos resonaron sobre el piso de fina madera. Subimos por una escalera circular iluminada por una amplia entrada de luz hasta llegar a una vasta y maravillosa cúpula. Reconocí el cielo de la Capilla Sixtina del Vaticano y contemplé embelesado las hermosas pinturas del Juicio Final de Miguel Ángel.

-¡Qué belleza! –exclamó Charles-. Mira allá, a la izquierda del altar, donde durante el pontificado de Sixto IV un grupo de pintores renacentistas realizó dos series de paneles al fresco sobre la vida de Moisés. Y a la derecha del altar está Jesucristo acompañado por retratos de los papas que gobernaron la iglesia hasta entonces.

-¿Quiénes fueron esos pintores? –indagué interesado.

-Botticelli y Perugino, entre otros–me informó Charles-. Entre 1508 y 1512, por encargo del Papa Julio II, Miguel Ángel pintó la bóveda creando esta obra de arte sin precedentes, que cambió el curso del arte occidental.

Mis ojos no se cansaban de recorrer esos espacios llenos de historia y talento. Mensajes con cientos de años conservados para maravillar a los visitantes. Repentinamente Charles apuntó a una puerta que daba hacia un ático lateral, donde había un cartel que decía "entrada sólo para personal autorizado".

-Aquí es el lugar donde se guardan los secretos –dijo-. Es un espacio sin acceso para los turistas y está a cargo de un monje franciscano de gran calidad humana. Francesco creció en un orfanato a cargo de la orden de San Francisco de Asís, porque sus padres murieron cuando era un bebé. Como debes saber, estos monjes son muy buenas personas y criaron a este niño con esmero, cariño y disciplina, permitiéndole transformarse en un hombre erudito, bienintencionado, bueno y trabajador…

Pasamos la puerta en silencio y nos rodeó la oscuridad.

-Francesco, ¿estás por ahí? –gritó Charles

El eco de su voz vibró por las vetustas paredes con olor a historia. Una suave luz se encendió al fondo y apareció un hombre vestido con un hábito café, típico de la orden sacerdotal a la que pertenecía, con una lámpara a petróleo en la mano.

-Creo un poco imprudente gritar así en este lugar tan especial – reclamó con un toque de humor mirándonos fijamente mientras se acercaba a alumbrar nuestros rostros.

Después de cerrar la puerta por dentro preguntó "¿el viejo Charles?" y lo abrazó.

-Amigo, qué grata alegría –exclamó.

-Sí, qué gusto verte –le contestó Charles sonriendo-. Vengo a pedirte un favor. Necesito que le enseñes a mi amigo Klas lo que aquí nadie mejor que tú sabe hacer.

-Perfecto –murmuró Francesco con entusiasmo-, era lo que quería escuchar.

Caminamos bajo la tenue luz de su lámpara por pasadizos cuyas paredes estaban cubiertas de cuadros y finas alfombras. Luego llegamos nuevamente a la Capilla Sixtina…

-Admiren esta belleza –nos pidió Francesco-. Dicen que los secretos más grandes entregados por la divinidad están en estos trazos. Su parte más emocionante es la oculta conexión de lo divino con el hombre. Según mi criterio, es el mensaje más poderoso. Si se fijan bien en la representación de Dios, pueden ver que tiene la forma del cerebro humano. Dios se conecta con el hombre por su parte frontal, el neocórtex, y un sinnúmero ángeles lo acompañan desde atrás.

Me sentí atrapado por los carismáticos personajes que habían emergido del pincel de Miguel Ángel. Los más impresionantes ocupaban el área central de la bóveda y me pregunté qué simbolizaban.

-Estas pinturas representan las nueve escenas del Génesis –me explicó Francesco adivinando mi pensamiento-. Reproducen la embriaguez y también el sacrificio de Noé, el Diluvio Universal, la caída del hombre, el pecado original y la expulsión del Paraíso, la creación de Eva, de Adán, de los astros y las plantas, y por último la separación entre la luz y la oscuridad. ¿Cómo lo sientes Klas?
-Estoy impresionado –murmuré.
-Si observas cada detalle, verás mensajes que nos muestran informaciones que querían ser reveladas. Cuando ni siquiera sabíamos cómo era el cerebro por dentro, Michelangelo creó esta obra de arte que nos enseña que lo evidente no siempre es la verdad e inclusive nos deja en claro que cada vez que avanzamos hacia la verdad, la realidad cambia.
Francesco me mostró varias partes de monumental creación de Miguel Ángel explicándome sus detalles. Luego nos hizo señas para entrar por una nueva puerta. Caminamos por túneles subterráneos milenarios hasta llegar a una rejilla que abrió lentamente y salimos a otro salón en absoluta obscuridad.
-Esta es nuestra segunda parada –nos informó deteniéndose frente a una monumental escultura-. Esta obra representa La Piedad, cada puesta del cincel en el mármol es una expresión de emociones que transforman uno de los materiales más duros del mundo en una oda a la belleza y la perfección. Dicen que un golpe mal puesto podría destruir todo.
-Esta obra –intervino Charles, quien al parecer era experto en arte renacentista- es de bulto redondo, lo que significa que se puede ver de todos los ángulos, pero el punto de vista preferente es el frontal.
Contemplé la belleza y juventud de la Virgen María con emoción. Sus vestiduras se dispersaban en perfectos pliegues marmóreos. Vi cómo sostenía a Cristo muerto, quien se veía mucho mayor que ella.
-La juventud de la Virgen María –explicó Francesco- es muestra del idealismo renacentista. Se trata de plasmar el ideal de la bella juventud, de una madre eternamente hermosa…
-El pintor, arquitecto y escritor Giorgio Vasari –agregó Charles-, considerado uno de los primeros historiadores del arte, dijo que La Piedad es una obra a la que ni el artífice más excelente podría añadir

nada en dibujo, ni en gracia, ni, por mucho que se fatigue, en fortaleza, en poder, finura, tersura y cincelado del mármol.

-Esta es una obra que emergió de un cincel con sentimientos – concluyó Francesco-. Entre los detalles de este mensaje vemos que la vida se transforma positivamente al expresar nuestras emociones. Y tal como ocurre con las esculturas de mármol, lo que nos pega sin emociones nos destruye y es parte de lo que no comprendemos. Cuando entendemos y fluimos, vuelve el sentimiento al cincel y el mármol de la vida recobra su forma.

-Bravo, Francesco, bravo –aplaudió Charles. Luego bajó el tono de voz y dijo "es hora, déjalo ir".

Los dos se entendieron a través de un par de miradas y se fueron caminando hasta la puerta.

-¡Señores! –los llamé-. ¿Es hora de qué? ¿Por qué se van?

-Es hora de quedarte solo con La Piedad –me informó Charles-. Volveremos cuando estés listo, el resto no necesita explicaciones.

Estuve por varios minutos contemplando la belleza de esa irrepetible pieza de arte y de repente sentí pasos que se acercaban. Me di vuelta pensando que Charles había regresado… pero no era él… Ítalo estaba frente a mi… tal cual lo recordaba hace años. Vestía jeans con una polera negra y un reloj marca Cassio que había adquirido con su primer éxito en los negocios.

-Nunca tuviste confianza en ti mismo –me lanzó de sopetón…

-¿Qué dices? –le pregunté con naturalidad, ya acostumbrado a los encuentros más inauditos-. Siempre confié en ti y en nuestro proyecto. ¡Tú fuiste el que no tuvo fe y me hizo firmar mi perdición!

-¿Ves que estoy en lo cierto? Confiabas en mi pero no en ti.

Cada palabra rebotó en la amplitud y silencio del salón, como haciendo eco y aumentando su importancia…

-Eres un ególatra y un egoísta –le grité furioso-. ¿Cómo te atreves a increparme después de cómo me traicionaste?

En un ataque de cólera me lancé contra Ítalo tratando de darle un golpe directo en el rostro. El se movió sutilmente haciendo que pasara de largo y cayera al piso…

-Sigues siendo débil y ansioso, veo que no has aprendido nada.

Me puse de pie nuevamente en posición de combate. Simulé darle otro golpe haciendo una finta. Él se movió y con el brazo opuesto le di justo en el rostro. Él se desmoronó al piso dando un grito de dolor.
Una vez en el suelo, seguí golpeándolo…
-¡Maldito! ¡Confié en ti, confié en ti! -grité descontrolado mientras seguía castigándolo en el suelo hasta que no pude más de cansancio.
Me di vuelta exhausto y La Piedad apareció ante mis ojos. Una angustia irrefrenable recorrió mi cuerpo. Sin embargo, seguía furioso…
-¡Por tu culpa no pude confiar en nadie más, arruinaste mi vida, eras un hermano para mí!
Lentamente Ítalo se puso de pie con la boca ensangrentada. Miró la escultura y luego se volvió hacia mí…
-No arruiné tu vida Klas. No te veo desde que eras muy joven –murmuró-. Tu vida es como es por tu culpa, no por la mía ni de nadie más…
-¡Cállate! ¡Tú me engañaste! Tú eres el causante de que nunca más volviera a confiar.
-Siempre culpaste a los demás y sigues tal como te vi la última vez –aseguró-. Buscando excusas para tus fracasos. Tu vida sólo depende de ti…
De repente se apagó la luz y quedé absolutamente a oscuras. Caí de rodillas llorando desconsoladamente. La Piedad era el único testigo de mi profundo dolor.
Un gemido hizo eco en las antiguas paredes…
-¿Que has hecho? –musitó alguien.
Repentinamente regresó la luz y observé que Ítalo había desaparecido.
-¿Qué mierda pasa? –grité descontrolado.
En el suelo estaba yo. Tenía la misma ropa, pero cubierta de sangre…
-Soy tu inconsciente. ¿No te das cuenta que el único que pierde con esos arrebatos eres tú?
-Esto no puede estar pasando -pensé.
Mi Yo inconsciente levantó un brazo y me asestó un golpe sin que yo opusiera resistencia. Mi cuerpo golpeó contra La Piedad y sentí que se me había quebrado una costilla.

-Soy doscientas mil veces más poderoso que tú –me gritó mientras seguía maltratándome. Mi nariz y mi boca sangraban-. Todo lo que eres pasa por mí, te di la opción de elegir y mira lo que has hecho. Ítalo tiene razón, no puedes culpar a otros de tus errores. Deja de jugar al "pobrecito de mí".

Mantuvo un corto silencio y siguió en voz más pausada, aunque sin dejar de lastimarme.

-¡Yo sólo hago lo que me pides! ¡Tú eres el único responsable de todo lo que te ocurre!

En ese momento escuché que, a lo lejos, alguien decía "¡es hora de que te vayas!".

Miré con dificultad y vi a mi padre acercándose.

-Klas, solo tú puedes detener esto –me dijo dulcemente-. Cierra los ojos y concéntrate en la respiración para que la ira se desvanezca.

Justo en ese instante sentí una puñalada en el estómago que agudizó el dolor.

-¡Klas, por favor, haz lo que te pido, sólo tú puedes detenerlo!

Cerré los ojos y comencé a respirar rítmicamente, llenando mi estómago y mis pulmones de aire para luego expirar lentamente. En un instante el dolor se transformó en un recuerdo. Vi a mis padres paseando conmigo alegremente. Mi cuerpo se relajó y deje que los golpes continuaran sin resistirme. A lo lejos escuchaba una voz que decía cada vez con menos intensidad "te mataré… te mataré", hasta apagarse por completo. Sentí que mi cuerpo se volvía cada vez más liviano y me dormí profundamente. El dolor y la cólera desaparecieron…

Mucho después sentí que Francesco me sacudía suavemente para despertarme.

-Parece que ya estás listo –me dijo.

Me moví con lentitud y tomé la mano que me extendía para levantarme del suelo.

-Bien, Charles está con la sinfónica. Me dijo que se encontraran allá.

-Muchas gracias Francesco. No sé dónde es, pero creo que ese no es un problema.

-¡Qué bueno que estás tomando los acontecimientos con humor! –me respondió soltando una carcajada-. Bienvenido. Sigue el viaje Klas. Vas muy bien. Muy pronto tendrás las respuestas que buscas. Ven, te voy a encaminar hacia la sinfónica.

Charles me esperaba tomando café. Francesco me dio un cálido abrazo deseándome buena suerte. Con una sonrisa me acerqué. Estábamos en la cámara de música de La Academia, un lugar enorme con formas hexagonales y un techo asombrosamente alto. Una gran cantidad de butacas esperaban a los interesados en la música clásica y al fondo una cafetería acogía a quienes buscaban conversar disfrutando de un entorno mágico.

-Esto es fantástico –murmuró Charles mientras la orquesta comenzaba a interpretar una cautivadora melodía-. Son los más virtuosos, con instrumentos que tienen más años que la misma academia. Quiero que escuches con todos los sentidos. La música es simple, elegante y equilibrada. La gente desconoce la complejidad de hacer algo tan sencillo, donde un solo error destruye el temple de la melodía. Las personas normalmente son atraídas más por el morbo o el drama. Si les preguntas en qué gastarían su día libre, la mayoría elegiría situaciones que dan adrenalina o experiencias. No todos pueden disfrutar de esta belleza. ¿Qué opinas?

-Si... Si... –dije.

-¿Estás bien?

-Claro, sólo un poco cansado.

Mi mente se llenó de recuerdos: mi padre golpeándome por escapar del trabajo, la enfermedad de mi madre, mi bancarrota…

-Me imagino que estás recordando escenas truculentas –descubrió Charles-. Veo la pena en tus ojos. Eres como la mayoría de las personas, porque en vez de disfrutar el presente y estas hermosas melodías, te hundes en las situaciones que te generaron una experiencia negativa. Has malgastado muchísimo tiempo rumiando tus desgracias, culpando a las circunstancias o a otras personas de condicionar tu devenir cotidiano, dejando de lado todo lo bueno que te hizo sobresalir y pasarlo bien. ¿Acaso a veces recuerdas las vivencias positivas que has tenido?

-Claro que las recuerdo, pero…

-¿Pero?

Me quedé en silencio.

-Veo a mi mamá paseando con mi papá por un parque –comenté rehaciéndome-, a mi abuelo llevándome en su auto, a mi primera novia...

-Al parecer no todo era tan malo…

-No, claro que no.

-¿Entonces por qué crees que te quedas pegado en lo negativo en vez de recordar esos gratos momentos?

No supe qué decir… Charles se puso de pie mirando la sinfónica.

-Te voy a dar una mano –me advirtió-. ¿Recuerdas la carretera eléctrica del violín de Cerdeña?

-Claro que sí ¡cómo olvidarlo!

-Esa carretera no sólo está presente para recordarte tus destrezas sino también para despertar tus emociones. Si las carreteras de la queja, ira o envidia agarran más fuerza que las de la gratitud, positivismo y generosidad, tu cerebro va repetir sin pedirte permiso esos sentimientos negativos. Las personas agradecidas, positivas y generosas tienen mayor suerte y les va mejor, porque recurren a las carreteras positivas con mayor frecuencia y estas funcionan a su favor. ¿Alguna vez has estado contento sin saber por qué?

-Obviamente…

-Bueno, esa sensación se produjo porque activaste tus carreteras positivas durante todo un día sin parar. Ahora te preguntarás qué pasa con los que están siempre de mal humor, como tú algunas veces.

-Que lo pasamos mal…

-Entonces ¿no sería interesante poder cambiar esto y crear las carreteras correctas, las que te hacen tener un propósito positivo, sentir bienestar y que el mundo te sonríe? ¿O prefieres escoger aquellas donde predominan la oscuridad y la depresión?

-No, por supuesto que no…

-Aunque las carreteras positivas no se crean de un día para el otro, es posible activarlas con constancia y conciencia, porque impactan cada momento de tu vida y si las desarrollas, tu calidad de vida mejorará espectacularmente. El mundo no es como tú lo ves, es como tu cerebro lo ve. El crea una realidad de acuerdo a las instrucciones que tú le das. El mundo es perfecto cuando así lo percibes. Todos tenemos un tiempo limitado en este planeta. Quien agradezca cada momento, logrará disfrutar y entender el sentido de la vida. Estar aquí es una oportunidad única.

El sonido de los violines me llenó de emoción. Cerré los ojos y disfruté cada nota que llegaba a mis oídos.

-Eso es todo –me dijo Charles-. Te ves muy bien así, disfrutando el presente…

-Muchas gracias amigo –susurré haciendo un esfuerzo para no llorar.

Capítulo 19
NICARAGUA

Durante todo el día siguiente recordé el maravilloso concierto que me había deleitado la noche anterior. Y sentí que estaba activando una carretera eléctrica positiva. Esa tarde salimos a caminar con Charles y nos sentamos a tomar café frente a un hermoso jardín que se extendía con flores de múltiples colores hasta terminar en un enorme arco con un portón de fierro forjado.

-¿Cómo te sientes? –me preguntó mi amigo.

-Bastante bien… extrañamente bien… Nunca había estado mejor…

-¿Terminaste tu café? Vamos... Creo que ya estás preparado para la siguiente clase.

Nos dirigimos al portón y al atravesarlo nos encontramos con un camino bordeado de preciosos árboles cuyas hojas iluminadas por la luz del ocaso reflejaban todos los tonos del verde, del rojo, el café y el naranja. Eran miles de hojas de distintos colores, formas y texturas…

-Son los árboles de la vida –me informó Charles, mientras pasábamos al lado de una pequeña cascada cristalina que reflejaba los dorados rayos del sol. El sonido del agua se mezclaba con el canto de los colibríes y otros pájaros exóticos.

Luego, el camino comenzó a descender hacia una enorme laguna rodeada de árboles, arbustos y pequeños puestos donde vendía guayabas, mangos y otras frutas tropicales de distintos sabores y texturas. Un niño pequeño pasó corriendo mientras su padre lo perseguía con una pesada carga de plátanos verdes…

-Esos no se comen crudos –me informó mi amigo sin mayores explicaciones de dónde nos encontrábamos-, sino fritos o al horno, cubiertos de queso y chocolate. Ven, vamos a almorzar.

Nos instalamos en una rústica mesa donde nos sirvieron un exquisito cebiche con pan amasado y un vaso de vino blanco helado. Disfrutamos de la comida y del momento presente sin hablar.

-Esta es la laguna de Apoyo de Nicaragua, ubicada cerca de Masaya –me dijo Charles cuando terminamos-. Vamos, nos están esperando en la sede que La Academia tiene en este país.

Después de caminar unos cinco minutos rodeados de una vegetación que me pareció mágica y encantada, llegamos a una gran casona de madera levantada sobre pilotes. Su construcción era rústica pero elegante, con estilo.

-La Sala del Reencuentro está justo frente a nosotros –me indicó Charles al entrar en un cálido hall-. Una vez que estés adentro tendrás la oportunidad de reconocer pasajes de tu vida.

Sin dudar abrí la puerta. Estaba oscuro, no veía absolutamente nada. Sólo escuché la voz de mi amigo que me decía "sigue así".

A los pocos minutos el sonido de un trueno cambió la situación. Sentí que el tiempo se hacía más lento.

-Espero que no hayas traído nada metálico –bromeó Charles riéndose-, porque un rayo podría partirte por la mitad...

-Hola Klas –musitó una voz invisible-. Bienvenido a tu pasado.

Después de todas las aventuras que había protagonizado ya nada me impactaba y sentí que debía aprovechar al máximo esta oportunidad de recordar.

-Pronto daremos un paseo que nos llevará por tus recuerdos para armar el rompecabezas de tu vida actual –me informó la voz-. Recuerda que no puedes ocultar nada. Sé todo lo que estás pensando… Es hora de iniciar nuestro recorrido. ¿Están listos?

Charles y yo respondimos "sí" al unísono y frente a nuestros ojos apareció una pantalla circular que nos rodeó casi por completo.

-¿Qué ves? -preguntó Charles.

Traté de mirar, pero todo se veía muy borroso…

-Enfoca bien –me pidió mi amigo.

Parpadee con fuerza tratando de encauzar la mirada. Lentamente comenzó a aparecer una imagen. Ahí estaba yo, muy joven, sentado en el living de un departamento destartalado.

-¡Que extraño se siente eso! -exclamé.

Podía notar las ojeras del joven Klas y su rostro claramente agotado. Se puso de pie y llenó su vaso con whisky.

-Oh dios… soy un fracasado –se lamentó el personaje de la pantalla.

Luego lo vi encender la televisión para sentarse nuevamente, jugando con el selector y pasando de un canal a otro sin interesarse por nada.

-Me veo terrible –masculló con vergüenza-. Estoy como un zombi...

En ese momento, la escena se detuvo y la pantalla se oscureció.

-¿Ese eras tú realmente? —me preguntó Charles-. ¿Un hombre millonario con todo el mundo a sus pies que llega a su casa a lamentarse?

-Espero que no —respondí bajando la mirada con tristeza. -No sé quién soy realmente…

-¿Sabes qué hijo? —me aseguró mirándome intensamente-. Ese y este eres tú. Lo que vimos es una realidad que sigue existiendo. ¿O crees que no fue real?

-Lo fue —afirmé-, pero no era mi verdadero yo…

-¡Basta ya! —prorrumpió Charles con un leve enojo-. Una vez más dando excusas, lo que dices es un cliché y lo sabes. Esa es la persona en la que te convertiste. Ese fue el resultado de la suma de tus decisiones. Esa persona eras tú. Eso fue lo que elegiste ser. Y es lo que eres ahora, ¿o no?

Mire a Charles sorprendido. No tenía palabras para defenderme…

-No existe diferencia entre el yo real y el yo falso —continuó-. Eres lo que tú decidiste ser… Eres lo que elegiste hacer. Todas tus acciones y emociones son parte de lo que eres. Si no aceptas eso te estás engañando a ti mismo. Estas mintiéndole a la persona más importante de todas: tú. Quizás no te guste lo que te digo, pero debes admitir que incluso tus inclinaciones más perversas son tuyas. El principio del cambio es reconocer tus partes oscuras… tus caídas… tus traiciones… tus envidias… tus odios… Entonces… ¿la persona que vimos, eres tú?

Asentí con la cabeza.

-Dilo en voz alta y con orgullo —me exigió.

-La persona que vimos también forma parte de mí —dije con dificultad.

-Así es tu vida. Así es como eres ahora. Cada decisión impacta en cómo serás en el futuro. Si supieras el poder que tienen los pensamientos jamás volverías a darle fuerza a los que son negativos.

Súbitamente la pantalla volvió a iluminarse y la imagen cambió. Había un niño vestido con una jardinera azul, el pelo muy corto y las mejillas coloradas. En la espalda cargaba una mochila naranja y calzaba zapatillas azules. Era yo a los once años. Lo mire con nostalgia, como si fuese mi hijo. Él me devolvió la mirada. Casi me caí de espaldas cuando me saludó. Lentamente levanté la mano y la agité en el aire. Él respondió…

-¡Hola! -dijo.

Nuevamente la imagen cambió. Ahora estaba en una playa corriendo hacia el océano, riendo y disfrutando de un día de sol. Podía sentir la brisa y las gotas de agua marina en mis mejillas. Jugaba como si el mundo me perteneciera… Luego apareció un cachorro y empecé a correr con él, riendo a carcajadas mientras atardecía.

Cuando llegó el dueño del perrito y lo llamó desde lejos, lo abracé y le dije "muchas gracias chiquitín".

Enseguida vi a mi abuelo…

-Acabas de hacer feliz a un hermoso animalito –aseguró mientras comenzamos a hacer un castillo de arena.

-Eres mi niño especial Klas –me dijo-. Siempre recuerda que la vida es un viaje para sentirse vivo, no para sobrevivir. Nunca te olvides de soñar, si puedes soñar puedes crear. Sueña y crea hijo mío.

Sorprendido vi cómo mi yo niño me miraba desde la pantalla y me saludaba con la mano…

-Hola señor –expresó.

-Hola pequeño –le respondí emocionado.

-Quizás algún día podamos hacer un castillo juntos –balbuceó.

-Estoy seguro de que algún día podremos –le respondí con un nudo en la garganta.

-Okey –dijo atravesando con su mano la pantalla y acercándola a la mía. Yo hice lo mismo y un cortocircuito apagó la escena. Cuando la imagen regresó me vi caminando con mi primera novia, por una calle llena de árboles. El atardecer otoñal era perfecto y pude sentir el aroma de las flores. La brisa cantaba mientras el sol iluminaba nuestras caras volviéndolas doradas.

-Cada vez que estoy contigo me siento infinita –confesó ella.

Él le murmuró algo al oído y ambos rieron mientras corrían entre las hojas esparcidas por el suelo.

-¿Que linda es la vida, no crees? –susurró ella; y él le dio un beso en la mejilla.

Nuevamente se apagó la luz y enseguida apareció mi padre. Estábamos en la parada de trenes cercana a un cerro nevado. De las chimeneas emergía un humo gris que simbolizaba el calor de los hogares. Me emocioné al verlo…

-Papá, no sabes lo mucho que te extrañé –le dije-. Muchas gracias por darme una oportunidad de reencontrarte.

El abrió los brazos y sus ojos se llenaron de lágrimas.

-Hijo mío –me aseguró-. No hay enojo que borre el amor que siento por ti.

Lo abracé con fuerza como si fuera la última vez que lo vería. El acercamiento duró unos segundos… unos segundos mágicos…

Minutos más tarde llegamos a la casa de campo que solía frecuentar en mi niñez. Contemplé con nostalgia el lugar que me vio crecer. No podía creer que no lo hubiera valorado.

-Es realmente maravilloso estar en familia nuevamente –aseguré, sin poder creer lo feliz que me sentía-. Me alegro de haberme reconciliado contigo. Quiero cambiar, ser un hombre nuevo...

-Klas… sólo depende de ti –murmuró mi padre.

Capítulo 20
LA BIBLIOTECA DE VANCOUVER

Salimos de la cálida humedad característica de Nicaragua. Después de haber presenciado tantas imágenes positivas yo disfrutaba de una sensación de bienestar increíble. El sonido del agua, los pájaros, todo era fascinante. Caminábamos lentamente cuando Charles vio un coco que yacía sobre la yerba. Lo recogió y se sentó en el pasto tratando de abrirlo.

-Al parecer el calor te deshidrató –comenté riendo.

-A mi edad tendrás algo más que sed –me contestó irónico.

A pesar de que bromeaba, noté que estaba agotado. Algo le había ocurrido tras ver las recientes imágenes. Caminamos un buen rato hasta que llegamos al portón de fierro forjado que nos devolvió a La Academia. No habíamos conversado durante el trayecto.

-¿Está todo bien amigo? –pregunté.

-Sí, pero aún tenemos mucho por aprender.

-¿Acaso hay más? –interrogué inquieto.

-Sólo estábamos calentando motores –advirtió-. Recuerda lo que viste en Nicaragua, cuando estabas encerrado en tu departamento tomando whisky. ¿No fue algo bueno, cierto?

Asentí con la cabeza.

-Ese fue mi pasado, querido Charles –le aseguré sentándome en un banco-. Siento que puedo cambiarlo, hacerlo mucho mejor.

-Te creo –aseveró acomodándose a mi lado-. Pero déjame preguntarte algo. ¿Cuánto crees que puede durar la actitud positiva que muestras ahora?

Mi entusiasmo bajo un poco...

-Unos cuantos años –pronuncié.

-¿Unos cuantos años?

-Bueno un poco más –insistí bajando la vista.

Charles pareció perder la paciencia...

-Sé que perdiste tu memoria -dijo desafiante-, pero la última escena que viste, con tu padre, ¿no fue suficiente para cambiar tu vida?

-Lo fue... Por un momento seguramente lo fue...

-¡Por un momento! –repitió enojado-. ¡Por un momento! ¡Escúchate! Que por un momento te sientas bien no es suficiente para cambiar. Podríamos tener una seria discusión, pero no creo que quieras. Ambos hemos visto tu pasado, pero tu vida actual no es sólo una consecuencia del mismo. Tu vida actual también es consecuencia de la forma en que sigues tomando las decisiones. Entonces, ¿estarías de acuerdo en profundizar aún más?

En el tono de Charles percibí un genuino interés por ayudarme. Su voz se notaba diferente. Dudé si acaso mis acciones lo habían hecho retractarse de seguir adelante. Mi intuición me decía que algo le molestaba.

-Por supuesto, avancemos un poco más –le pedí.

-Me parece –acotó.

Caminamos por el centro de La Academia y repentinamente nos envolvió una densa neblina. Mis ojos intentaron descubrir algún enigma oculto, recordando historias de misterio que alguna vez leí. Altos árboles bordeaban el sendero que atravesamos hasta llegar a una explanada cubierta de nieve al lado de un lago con la superficie helada. Hacía frío... El clima y el ambiente eran el polo opuesto a nuestro paseo por Nicaragua... La senda rodeó el lago donde permanecían encallados varios botes de múltiples colores. Al final nos topamos con un edificio circular.

-La biblioteca de Vancouver –exclamó Charles animadamente.

-¿Eres un asiduo lector? –pregunté-. Hace años que no entro en una biblioteca. Pero recuerdo el atractivo olor de las páginas de un libro antiguo.

-También me fascina su aroma.

Entramos por una gigantesca puerta hacia un edificio circular de varios niveles donde logramos recuperarnos del frío invierno exterior. Subimos al último piso y nos sentamos mirando hacia abajo. Veíamos todos los sectores de la biblioteca. Personas leyendo, parejas tomando café y conversando en un espacio inmenso. Cada piso era un área diferente hasta llegar a la gran cúpula central.

-Este lugar es enorme. Nunca había visto una biblioteca así -dije.

-Hay muchos lugares maravillosos como este...

-¿De verdad? -pregunté.

-Así es –contestó cambiando de inmediato de tema-. ¿Recuerdas cómo nos conocimos?

-Por supuesto. Justamente me ha estado dando vueltas preguntarte por qué te hiciste cargo de mi. Me he dado cuenta del gran sacrificio que estás haciendo para ayudarme a recordar. Gracias de corazón.

-Bueno, ha sido muy agradable. Algo nos conectó -expresó guardando un corto silencio para luego mirarme directamente a los ojos-. Creo que llegó el momento de confesarte lo que tenemos en común. De alguna forma nuestras vidas tienen una conexión y hemos vivido situaciones similares. Como tú, tampoco he estado rodeado de personas. De cierta forma también perdí la memoria.

Lo miré extrañado, pero no dije nada…

-Nací en un pequeño pueblo –continuó-. Las casas estaban ubicadas en grandes terrenos muy separados y no conocíamos a mucha gente. El clima era hostil y los desastres naturales pan de cada día. Recordar algunas cosas aún me angustia.

En ese momento me di cuenta por qué lo había sentido inquieto y extraño… Algo había gatillado dolorosos recuerdos en su interior…

-Mi padre y mi madre eran campesinos. Él era un hombre alto y duro. Ella introvertida, pero muy dulce. Para mí cada día era una tortura, porque estaba obligado a escuchar a mi padre alegando que el mundo era maligno, que la vida era una porquería y que las oportunidades no existían. Sé que él también nos amaba, pero no lo demostraba. Una tarde, siendo un niño pequeño, yo estaba jugando con sus herramientas y sin querer las deje caer. El me pegó muy fuerte y me dejó botado en el suelo. Antes de irse, me lanzó una mirada que nunca pude borrar de mi mente. Ese mismo día fueron unos amigos a casa y él les contó el estupendo hijo que tenía. Que algún día tendría un mejor futuro que él.

-Qué contradictorio –murmuré.

-Justamente una semana después, mis padres se fueron a trabajar en un día de lluvia. Pronto se inició una tormenta y mi padre se devolvió a buscar algo que había olvidado. En ese instante un rayo golpeo el campo. Mi madre y dos personas fueron calcinadas…

-Dios mío -las palabras salieron de mi boca sin pensarlo. El parecía no escucharme.

-Cada segundo de ese día está grabado en mi memoria. Esa mañana mi madre me había dicho que aprendiera a ver lo bueno de cada día. Me dio un beso en la frente y se despidió diciéndome "eres la razón de nuestras vidas"…

Con voz triste, Charles me contó que a su padre le había costado muchísimo superar la muerte de su esposa…

-Creo que nunca lo logró por completo –indicó-. Su energía se apagó y se convirtió en una hombre aún más pesimista y temeroso. Parecía un zombi. No hacía otra cosa que trabajar, comer y dormir. Una noche decidí que no quería seguir a su lado y me escapé. No lo toleraba más. Partí y lloré durante muchos kilómetros sin llegar a un punto en particular. Me convencí a mí mismo que debía salir adelante, aunque fuera verdad que la vida era una miseria. Ahí fue cuando me encerré en una biblioteca diminuta, pero llena de vidas paralelas. Protagonicé la existencia de otros para recuperar mi amor por la vida.

Charles se quedó pensativo unos instantes…

-Cada día que pasaba antes de ir a la biblioteca veía mi rostro en el espejo y me encontraba miserable, con poca energía –continuó-. Eso era lo que las personas veían en mí. ¿Sabes por qué te cuento esto? Porque es exactamente la mirada que vi en tu rostro. Tus ojos no pueden mentir. Estabas viviendo una vida sin sentido, con poca energía y mucho rencor.

Otra vez quedamos en silencio, reflexionando sin emitir palabra… Su historia y la mía tenían mucho en común, pero el hecho de ver que se había convertido en un hombre sabio y maravilloso me llenó de esperanza y optimismo…

-¿Quieres ver el departamento de ficción? –interrogó repentinamente-. ¡Muchas veces representan una obra interesante!

Llegamos al área de la fantasía donde había un teatro. Personajes disfrazados paseaban sobre el escenario.

-¿Ves al pequeño de azul? –indagó mi amigo.

-¡Sí, es el principito!

-Escuchémoslo…

La obra empezó y nuestro entorno se transformó por completo. Estábamos sólo nosotros y los personajes. Lo demás había desaparecido. La música, el aroma, todo era perfecto.

-Pensé que nunca podría compartir con alguien lo que es vivir en un libro –musitó el principito-. Es lo que les pasa a ustedes. Cuando aparece algo mágico les da miedo de que no sea real.

-Espera un momento –dije maravillado frente a ese mundo sorprendente-. Si alguien experimenta algo mágico ¿por qué va a temer perderlo si para él es verdadero?

-¿Qué significa que algo sea verdadero? –exclamó el personaje mirando las estrellas-. Hay muchas verdades que nunca nadie conoce. Mira lo que tienes por delante. Lo esencial es invisible a los ojos.

Charles me hizo una seña, me pegó un pequeño tirón y yo de mala gana me vi obligado a seguirlo. Ambos salimos de la biblioteca alejándonos de ese mundo fantástico. Caminamos en silencio dejando huellas imperceptibles sobre la nieve. Cuando atravesamos la gran puerta hacia La Academia nos detuvimos al llegar a la fuente central y Charles me invito a tomar asiento.

-Pon atención –me pidió-. ¿Sabes por qué te conté parte de mi historia y presenciamos juntos las escenas? Porque mi vida era miserable igual que la tuya. No estoy hablando de riquezas materiales sino de la verdadera pobreza de una existencia sin sentido ni propósito. ¿Entiendes?

-¿Para encontrarle un sentido a mi vida tú crees que debería vender Roland y hacer otra cosa?

-No, no necesariamente –me respondió Charles sin dudarlo-. Se trata de preguntarte a ti mismo si esta es la vida que siempre soñaste. ¿Estás haciendo algo que te llena por completo? ¿Te sientes realmente vivo? Seguro que no fue fácil haber formado las empresas Roland. Pero manejar ese impero ¿hace que te levantes cada día, mires por la ventana y des las gracias por el camino que has elegido?

-¿Acaso crees que debería tomar un rumbo absolutamente distinto? –le pregunté-. ¿Qué elegí ese camino obligado por alguien?

-Creo que estás copiando al farolero. Alguien le dijo al farolero lo que tenía que hacer y cuál era su camino si quería ser aceptado. Tú haces lo mismo. Quieres ser aprobado por alguien, tratando de vivir sus expectativas e impresionarlo.

Charles me miro intensamente.

-¿Sabes de quien te hablo, cierto?

Miré al piso sintiéndome abatido.

-Sí… de mi padre -dije.

-¿Crees que el propósito de crear la corporación Roland fue impresionar a tu padre? –me interrogó Charles subiendo el tono de voz.

-Posiblemente –le contesté murmurando.

-¿A qué te refieres con posiblemente?

-No tengo la "película" completa, sólo pequeños fragmentos… No podría asegurarlo con absoluta certeza, pero parte de lo que estoy viendo habla por sí solo. Uniendo los fragmentos me parece que irme del pueblo fue una forma de buscar un camino para validarme ante mi padre…

-¿Alguna vez le dijiste por qué te querías ir?

-No, creo que no…

-¿Quieres decir que lo más probable es que él no sepa por qué partiste?

-No sé por qué insistes tanto en ese punto –lo encaré medio enfadado.

-Porque es importante saber si tenías claro por qué te ibas y si se lo manifestaste a tu padre.

-Lo único que sé es que permanecer en el pueblo significaba aceptar un destino que me parecía pobre y aburrido –descubrí-. Al irme no sólo le daba un mensaje a mi padre, sino a todo ese pueblo. Partir era mostrarles que era posible cambiar la realidad. Sin embargo, romper con los condicionamientos y con lo que los demás esperan de uno no es entendido y el daño colateral es el precio del cambio. No creo que alguien tenga un gran logro sin un gran sacrifico…

-Entre tus carreteras eléctricas parece haber una que te obliga a creer que todo logro tiene que ser con un gran sacrificio –murmuró Charles con tono severo-. ¿Te das cuenta de lo que eso significa?

Capítulo 21
Arashiyama

Durante un buen rato Charles y yo permanecimos en silencio. No sabía cómo responder a su última pregunta, pero algo dentro mío me decía que esa forma de pensar que yo cultivaba desde niño era por completo falsa.

-No es necesario sufrir cada vez que deseas tener éxito –aseguró Charles-. Ven, vamos a pasear un rato mientras sigues reflexionando hasta tener claro que esa forma de enfrentar la vida corresponde a antiguos paradigmas que es necesario erradicar.

Yo asentí con la cabeza, aunque aún no se disipaba totalmente mi confusión frente al tema…

Caminando tranquilamente llegamos a un espectacular bosque de bambú, en cuyo extremo se levantaba un invernadero con un cartel que anunciaba "Área Botánica".

-Estamos en Arashiyama, ubicado al oeste de la ciudad japonesa de Kioto –me informó Charles y yo, acostumbrado a los constantes pases de magia, ni me inmuté.

Adentro del invernadero había varios estudiantes mientras docenas de mariposas volaban a su alrededor. Podía percibir su felicidad y su genuina sensación de un momento mágico a través de sus gestos.

-Me encanta ver como esas maravillosas creaturas disfrutan y gozan sus pocas horas de vida –sonrió Charles contemplando la mariposas.

Dimos una larga vuelta rodeando el invernadero.

-¡Charles! –gritó alegremente un hombre que salía en ese instante-. ¡No puedo creer que estés aquí! Qué gusto verte.

-Naoki –exclamó Charles abrazándolo-. Venía a buscarte. Hemos llegado por una razón y buscamos tu ayuda.

-Encantado –aseveró Naoki.

-¿Puedes por favor mostrarle el jardín a mi amigo Klas? El necesita saber qué puede ofrecerle este bello lugar que manejas. Quizás tus bambús le enseñen algo. ¿Lo podrías guiar?

-Claro que sí.

-Gracias Naoki, nos vemos pronto.

Charles se alejó canturreando sin siquiera mirarme…

Naoki me guió por un puente junto a un pequeño templo. Caminamos en ascenso hacia lo alto de la montaña. Tras veinte minutos divisamos a una familia cómodamente instalada bajo un árbol viendo pasar la vida. Luego una explanada donde decenas de macacos de rostro coloradísimo disfrutaban como niños trepando por los árboles o jugueteando en el suelo rodeados de visitantes.

-Hay dos tipos de árboles en este bosque –me explicó Naoki-. Están los que crecen rápido y los que lo hacen lento. Los primeros se desarrollan a lo largo del camino. Son arboles llenos de sueños y buscan la luz desde el primer día. No tienen dudas de que esa es la señal correcta. Lo único importante es su crecimiento, que se manifiesta a una gran velocidad hasta alcanzar una altura impresionante. Ven el mundo desde lo más alto y se divierten cuando lo logran.

Naoki se detuvo y señaló un pequeño bosque a su derecha.

-Ahí tenemos árboles de lento crecimiento –me informó-. El comienzo de su vida es muy semejante al de los otros, pero al pasar el tiempo se nota una gran diferencia, porque consideran que evolucionar será muy difícil y buscan tener todo cubierto antes de salir a la luz. Estos árboles dan por sentado que el mundo es un lugar duro y complicado, por lo cual hacen su trabajo en silencio con un solo objetivo: asegurar su futuro.

En ese momento llegamos al final de una quebrada. Era un camino rodeado de altísimas araucarias que prácticamente impedían el paso de la luz. El cielo era verde y solo un pequeño pedazo azul se podía ver entre el follaje. Naoki se apoyó sobre un tronco milenario y gigantesco.

-Bueno, como tú sabes, ¿qué se siente al ser un árbol lento?

-¿¡Que!? –subí el tono de voz, que me salió medio chillón-. ¿Cómo me haces esa pregunta si ni siquiera sabes quién soy?

-Sé lo suficiente. He escuchado de ti. Charles me insinuó que eres un árbol de lento crecimiento. Además, lo demuestras en todo momento. Es como si tuvieras un tatuaje en tu cara diciéndolo…

–No quiero ser irrespetuoso Naoki, pero tú no sabes absolutamente nada de mí…

-¿Ah sí? Bueno, se cuándo un árbol es lento en cuanto lo veo.

-Escucha, he creado un impero y no voy a…
-Sé que no vas a pelear conmigo –me interrumpió Naoki-, porque en el fondo sabes que eres un árbol lento. Nunca buscaste la luz, admítelo.
-Esto es absurdo…
Naoki me tomó fuertemente por los hombros y repentinamente me soltó… Sentí que giraba vertiginosamente y cerré los ojos… Cuando los abrí, el sol del atardecer me cegó. Naoki había desaparecido…
Mirando a mi alrededor reconocí un sector de la cordillera de los Andes, donde había estado alguna vez… Me dolía todo el cuerpo, pero haciendo un esfuerzo logré sentarme…
De repente escuché una voz a lo lejos… Al levantar la vista vi a mi padre bajando una ladera, acompañado de Patrick.
-¿Papá? –grité, pero ninguno de los dos dio señales de haberme escuchado.
Lentamente se acercaron y pude oír lo que conversaban…
-¿Así que Klas inició una empresa y está teniendo mucho éxito? – interrogó mi padre.
-Así es. Y me contrató como abogado para manejar su propia compañía, algo muy superior a lo que pudo haber hecho en su pueblo. Tendrá más prestigio y dinero. Eso sí, le tocará trabajar en temas administrativos, algo que, según me dijo, nunca le gustó, pero va a ganar mucho dinero.
-Preocupante, ¿no crees? Klas está dejando todo por obtener fama y fortuna. No tendrá familia. No tendrá amigos. ¿Crees que valga la pena?
-No veo por qué no podrá tener familia ni amigos, no me parece incompatible con su trabajo –contradijo Patrick-. Todos necesitamos superarnos y ser mejores. Es algo que Klas tiene bien claro.
-De acuerdo –murmuró mi padre mirando hacia el horizonte-. Puede que este negocio le aporte muchas satisfacciones. Ya el tiempo lo dirá. Tal vez su forma de disfrutar el día a día sea trabajando en su empresa... Claramente él no era feliz en nuestro pueblo. Se ve que sufría y esta oportunidad parece ser lo que desea. Va a conseguir prestigio, dinero, una nueva vida...
Al escuchar la última frase me invadió una gran angustia y cerré los ojos sintiendo el dolor por tantos años perdidos… Cuando los abrí,

ambos se habían ido. Estaba solo rodeado de montañas. La brisa acariciaba mi rostro y los rayos de sol calentaban mi alma. Me senté a disfrutar del atardecer y a esperar que Charles apareciera en algún momento a rescatarme de esos solitarios parajes. Después de un largo rato alguien se sentó a mi lado. Intuí que era mi padre…

-Hola hijo –murmuró-. Quiero pedirte perdón por todo el daño que te he causado.

-¿Me estás hablando a mí? –pregunté.

-¿A quién más si estamos solos? –rió él-. A ti te digo muchacho…

-Papá, no sabes cuánto te extraño –le confesé abrazándolo emocionado. Mágicamente había desaparecido la rabia por los sucesos del pasado y comencé a recordar los momentos felices junto a él, durante mi primera infancia..

-Tú tampoco sabes cuánto te extraño –me aseguró-. ¿Recuerdas lo bien que cocinábamos juntos cuando eras niño?

-¡Cómo olvidar el aroma a casa! –suspiré-. Mi única casa.

-Te invito a comer –bromeó sacando de su mochila un rico sándwich de pan amasado con tomate, lechuga y pavo asado.

Sentados bien juntos sobre una roca, mirando las estrellas, comenzamos a comer. Respiré profundamente como si mi vida se detuviera en ese momento. La oscuridad nos cubrió por completo y yo sentí que rodaba cerro abajo...

Capítulo 22
EL PROPOSITO DE AMSTERDAM

Cuando abrí los ojos me encontré a la entrada del bosque de bambúes... Estaba rasguñado, lleno de tierra y de angustia. Cerca mío escuché una voz femenina...

-¿Todo bien amigo? –me preguntó.

Traté de ponerme de pie, pero no tenía fuerza.

-No sé si todo está bien. ¿Qué sucedió?

-Parece que viviste la magia de las montañas -aseveró ella ayudándome a levantarme-. Confía en mí. Charles me dijo que te encontraría aquí. Soy Erika.

La miré mareado y adolorido...

-Vuelve a tenderte en el suelo si quieres...

-No –susurré-. Estoy bien...

Tomándome de la mano Erika me guió por un largo camino lejos del bosque de bambúes hasta que atravesamos por un angosto túnel. Al salir, el panorama era muy diferente. Frente a nosotros se levantaba un enorme edificio con el mítico diseño de Frank Gehry, el arquitecto canadiense ganador del Premio Pritzker y reconocido por las originales formas de los edificios que diseña. Erika me guió hasta la entrada y llegamos a una sala llena de maquetas, planos y dibujos.

-He visitado este lugar miles de veces –me comentó-. Y siempre me llama la atención el esfuerzo que hacen los jóvenes para diseñar maquetas que dan forma a una vida en miniatura.

-¿Tú vives acá? –le pregunté.

-Sí, vivo con mis padres pero trabajo para la Academia, así que habitualmente voy a buscar a alumnos que requieren de mis servicios. Ahora te toca a ti y está todo listo para que inicies una sesión de diseño –me advirtió, extendiendo ambas manos y produciendo un cambio de atmósfera inesperado.

De repente, Erika y yo estábamos en una calle junto a un río que corría en paralelo. Cada tantos metros había un puente que atravesaba la corriente. Todo se veía muy bien cuidado. Vimos pasar un bote... Las campanas de las bicicletas se deslizaban por la ciclo vía y sonaban en un concierto sin mucha armonía.

Subimos a una embarcación bastante grande pero angosta, con techo de cristal decorado con figuras en un sutil y elegante tono dorado. Cuando comenzamos a navegar sentí gran interés por la siguiente lección.

-No sé por qué las personas aplican tanto esfuerzo en crear maquetas que terminarán en un basurero –comenté recordando lo que había visto en la sala llena de alumnos.

-¿Por qué crees que lo hacen? –preguntó ella con una enigmática sonrisa

-Para obtener una nota que les asegure un buen resultado académico -le contesté con franqueza.

-Sí, puede ser en parte verdadero lo que afirmas, pero también hay muchos que disfrutan del proceso de crear una maqueta sin estar pendientes del resultado. Charles me comentó que tú hacías todo solamente por el resultado, sin divertirte durante la creación. Me aseguró que a ti no te importa nada más que lograr éxito y dinero, pero que no lo pasas bien en tu vida cotidiana…

-Una duda… ¿Dónde está Charles? –pregunté simulando que no me afectaba su comentario.

Ella miró a su alrededor…

-Debe andar en alguno de los barcos que navegan por el río, reunido con personas importantes, pero no creo que tarde mucho –me dijo, poniéndose muy seria de inmediato y cambiando de tema abruptamente-. Charles me comentó acerca de tu situación...

-¿Qué fue lo que te dijo de mí? –pregunté inquieto.

-Lo suficiente para que pudiera ser útil.

-¿Qué tipo de utilidad?

-Para que puedas transformar tu vida, la razón por la que tuviste la suerte de llegar a la Academia.

-¿Cuál es esa razón?

-Hiciste un diseño defectuoso de tu vida, como aquella vivienda –me respondió mostrándome una casa medio ladeada-. Y la mayoría de las veces los diseños no son fáciles de cambiar una vez construidos.

-Perdona Erika pero no logro entender –me hice el distraído, porque en ese momento no tenía ganas ni de pensar ni de asumir…

-Te explico... El diseño automático de tu vida está relacionado con las decisiones de tu yo interno, en contra de lo que tú quieres en forma consciente. Toda tu vida has funcionado en automático, en un sistema que incluso controla tus emociones. Pero las bases iniciales, las destinadas a sostener tu estructura, tienen falencias fundamentales.
Se quedó pensativa unos instantes y no la interrumpí...
-Las personas que has conocido en la Academia –retomó el hilo-, el profesor Zúñiga, Adrianne, Ramiro, Francesco, Naoki y yo, todos tenemos algo que entregarte; estamos aquí para ayudarte. Puede que no siempre lo hayas notado, pero estamos colaborando para que logres convertirte en tu mejor versión...
-En muchos momentos todos ellos me trataron con bastante dureza, no fueron precisamente angelicales...
-Lo sé, créeme –se rió ella-. Sin embargo, todos consiguieron enseñarte algo y lo hicieron con métodos y estilos que resultaron efectivos. Algunos profesores son muy duros.
Érica se detuvo como si hubiese hablado demasiado.
-Volvamos a ti –puntualizó-. Volvamos al diseño automático y cómo podríamos cambiarlo. ¿Sabes a que me refiero cuando hablo de la parte automática, cierto?
-¿Te refieres a lo que pasó con Adrianne, el violín y las carreteras eléctricas? –pregunté volviendo a reforzar el tema para entender y tratar de producir el cambio que ellos propiciaban en mí.
-Ese es un ejemplo. Pero debemos ir más allá. La mayor parte de nuestra vida funciona automáticamente. En tu cerebro hay un motor que toma decisiones por ti y tú no lo sabes. Decisiones, emociones, pensamientos, preocupaciones, miedos, sueños y pesadillas se manifiestan a través de este piloto automático que tiene vida propia y crea tu personalidad.
-Pero hay acciones automáticas que son necesarias...
-Eso es verdad. El Sistema Nervioso Autónomo regula de manera automática e inconsciente diversas funciones corporales, tales como el mantenimiento de la temperatura, la respiración o la digestión, entre muchas otras. En palabras simples, nacemos con circuitos eléctricos precargados que nos permiten realizar acciones frente a las cuales no

es necesario ni sano pensar. Sin embargo, también editamos circuitos automáticos con otras conductas que son insanas y no nos convienen. Erika me miró directamente a los ojos y levantó las cejas como si quisiera que sus palabras penetraran en mi inconsciente.

-Todo lo que hacemos de ahí en adelante –continuó- está supeditado a lo que nuestra parte automática haya creado. Actuamos en forma positiva, negativa, ordenada o desordenada de acuerdo a cómo hemos condicionado nuestros circuitos eléctricos. El Sistema Nervioso Central es el encargado de recoger cada uno de los estímulos provenientes del entorno y también del propio organismo para transformarlos en respuestas coherentes con los mensajes que ha recibido. Si piensas que el mundo es una porquería, el Sistema Nervioso Central así te lo hará sentir….

-¿Que pasa si quiero cambiar algo?

-Es para eso que estás aquí conmigo –señaló Erika-. Soy la diseñadora psicológica, dedicada a corregir el esquema que has forjado a través de los años. Siempre puedes cambiarlo, aunque ya no sea de forma natural. Déjame explicarte lo de las maquetas por un segundo. Cada maqueta que viste en el pabellón equivale a un pensamiento que se transformó en una acción concreta. Estas maquetas son realidades momentáneas, no son más que posibilidades. Sólo cuando se repiten a mayor escala por un plazo de tiempo, el diseño se hace realidad. Se solidifica. Se construye. Esa es la importancia de las maquetas, pese a que la mayoría termine en la basura.

-O sea que la suma de las maquetas es el diseño de nuestra vida…

-Muy bien dicho –me aprobó Erika-. Los diseños pueden ser positivos o negativos. Si las maquetas que creaste son negativas, egoístas y envidiosas tu diseño será automáticamente así. Una vez que has practicado lo suficiente un diseño, funciona solo, sin ayuda de nadie y las veinticuatro horas del día. Lo mismo sucede de forma inversa para la gente agradecida, positiva y generosa. Modificar el diseño necesita bastante energía, pero se logran maravillosos resultados. Cada vez que creas un pensamiento, si logras mantenerlo y accionarlo por un periodo de veintiún días, harás que la maqueta sea aceptada. Ese es el periodo de evaluación del cerebro. Eso sí, te advierto que si fallas antes de cumplir los veintiún días tienes que empezar de nuevo desde cero…

-¿Y el cerebro?

-Es la parte más importante del Sistema Nervioso Central y anida innumerables funciones, entre las que se cuentan el pensamiento, las creencias, el comportamiento, los recuerdos y el estado de ánimo. Es, además, el centro de la inteligencia y del control del organismo. Puede planificar con anticipación, crear y revisar todos los estímulos tanto internos como externos. Ahora me imagino que entiendes el poder de nuestros pensamientos y acciones.

-Parece ser tremendo el poder de un pensamiento positivo o negativo –murmuré para mí mismo.

-Todo pensamiento –siguió explicando Erika-, tanto negativo como positivo, ocupa energía. Para crear una maqueta necesitas una energía que proviene de un propósito, que es la base para empezar a moverte y vencer la resistencia. ¿Sabes cuál fue el propósito que hizo que tuvieras la energía para irte de tu pueblo?

-¿Mi padre?

-¿O demostrarle que podías?

-Sí, eso es lo más probable.

-Como ya has visto en tus experiencias previas en esta academia, no puedes culpar a tu padre por tener un diseño negativo. Tú lo elegiste de la forma que ya sabes. Cada pensamiento que tuviste fue generando una acción que se repitió en el tiempo creando tu realidad. Tú optaste por seguir ese camino. Tu vida fue escrita con la suma de tus decisiones. Para demostrarle a tu padre y a la gente de tu pueblo que eras capaz y no porque te interesara realmente, creaste un imperio financiero y ahora no sabes qué hacer con él. ¿Estás de acuerdo?

-Ay, no sé –respondí nervioso. La última información me había angustiado.

-No hay duda de que en la vida se nos entregan diferentes cartas, pero cada uno elige qué quiere hacer con ellas. Tu cerebro sólo va a llevar a cabo lo que asegure tu supervivencia y tú eres quien elige. No tienes que sentir que tu vida pertenece a un destino ni temer el cambio. El camino frente a tus ojos es absolutamente virgen y sólo tú

escoges la forma en que vas a transitarlo. ¿Crees que tu existencia fue injusta? ¿Estás cansado de luchar contra una vida dura y difícil?
-Lo estoy cada día…
-Entonces debes provocar diversos cambios en tus circuitos automáticos insanos, que montaste para demostrarle algo a los demás y no para realizarte como persona. Necesitas cambios que te permitan generar la energía para ver la vida de forma diferente. Debes dejar de lado todas las actitudes de víctima y tener fe absoluta en que el futuro lo creas tú. Que tienes una energía sin límites siempre a tu disposición. El primer paso es encontrar tu propósito, lo que realmente te gusta, cuál crees que es tu misión y tu propósito en la vida, porque eso te dará la energía para seguir de ahora en adelante. Pero mucho cuidado: el propósito debe ser genuino, porque sólo así una vez que lo encuentres cada acción adquirirá un sentido. Empezar por tener un propósito te permitirá generar pasión y expresar al mundo tus emociones. Es la única forma de iniciar una vida con verdadero sentido. ¿Entiendes?
-Pero qué pasa si no sé cuál es mi propósito –inquirí con un dejo de angustia.
-Bueno, entonces, tendrás que descubrirlo, porque si no ¿te imaginas lo que la vida te va a dar? –preguntó Erika con un tono sarcástico y lapidario…

El barco se detuvo en un muelle de madera bordeado con jardineras de tulipanes. El sol acariciaba mis mejillas y mis pies sentían la humedad. Al salir pude ver que el lugar estaba vacío.

-¿Dónde están todos?- pregunté.

-Hay una feria de ciencias esta semana –me informó Erika apuntando al fondo-. La atracción principal empieza pronto en el Salón Tesla. Todos deben estar cuidando puestos o aprovechando de comer algo. Nadie quiere perderse esta clase de espectáculo.

A una cierta distancia estaba Charles conversando con el profesor Zúñiga. Sentí una grata sensación al verlo. El me saludó de lejos, le dio un abrazo a su acompañante y se aproximó a mí con una sonrisa.

-¿Cómo te fue Klas? -me pregunto con afecto.

-Estoy bien.

-¿Erika, adonde llevas a este joven?

-A ver a Nicolás –contestó ella.

-¿Al físico? –interrogó mi amigo mirándola con sorpresa.

-Así es, creo que le será de mucha utilidad. Sabes lo que él puede entregar.

-Sí, perfecto –reconoció Charles-. Nos vemos…

Intrigado seguí a Erika por un estrecho camino hasta llegar a una sala en cuya puerta un gran cartel anunciaba "viaje más rápido que la luz".

-Es tu turno –me advirtió Erika-. Entra y disfruta de la experiencia. Me debo ir, fue un placer conocerte Klas.

-Muchas gracias. Para mí también lo fue. Realmente agradezco tus consejos.

-Con gusto. Cuídate.

A esas alturas yo ya estaba más que acostumbrado a las sorpresas y nada podía asombrarme, así que me interné a través de un denso aire con olor a cera virgen y combustible, que provenía de las antorchas que iluminaban el lugar. Al frente había dos gigantescas esferas de metal rodeadas de cortinas rojas.

-El show está próximo a comenzar –sonó una voz detrás de la esfera-. Se ruega tomar asiento.

Se encendieron varias luces y pude divisar a Adrianne que me miraba con severidad.

-Más vale que estés a la altura –me espetó.

Un hombre apareció desde el fondo con una impecable cotona blanca.

-Ven aquí Adrianne. No tenemos toda la noche –le llamó la atención. Su rostro demostraba juventud. Su cabello estaba ordenado, tenía bigote y permaneció erguido, en una impecable postura. Un golpe de corriente entre las dos esferas metálicas remeció el lugar.

-Adelante –se dirigió a mi con tono educado-. Soy Nicolás. Tú debes ser Klas, de quien todos están hablando.

-¿Todos están hablando? –repetí.

El no contesto…

-¿Sabes que hacemos aquí? –me preguntó.

-Tu dijiste que todos hablan de mí –exclamé sin responder -. ¿Qué es lo que se habla?

-Soy un físico, no un chismoso. –chaceó él.

-Está bien -dije algo confundido-. ¿Qué es lo que supuestamente se hace aquí? ¿Ocupan la electricidad para hacer experimentos?

-No. Claramente eres un ignorante respecto a la física. Vamos a viajar más rápido que la luz y podremos ver el futuro.

-Lo que veremos no será bueno ¿cierto? –adiviné.

-Depende… Adrianne estaba preguntando por tu futuro.

-¿Por qué?

-Quería saber si podías cambiarlo –me informó Nicolás Tesla-. Decía que siempre juegas a la víctima. Pero no te emociones, ella no está preocupaba por ti. Ella está preocupada por Charles.

-Oh no, habrá malas noticias acerca de Charles.

-Acerca de ambos.

-¿Malas noticias para los dos?

-Malas noticias para los dos si tú no cambias.

-¿Cómo es eso? No puede ser cierto.

Nicolás me miro con decepción.

-No importa si crees que no es cierto, porque pienses lo que pienses son malas noticias para los dos.

-No entiendo. Si es mi culpa por no cambiar ¿por qué afecta a Charles?

-El pagó un precio muy alto para mantenerte aquí –me aseguró Tesla-. Pero me temo que no te puedo decir nada al respecto. No insistas. Charles te lo contará en su momento, me imagino.

-Escucha, estás equivocado, porque yo he cambiado. Mi vida cambió en el preciso instante en que entré aquí... ¡Al salir seré una persona totalmente diferente!

-Compruébalo–exclamó el físico poniéndose de pie y sacando una pistola de electricidad con la cual me apuntó directamente. La corriente recorrió mi cuerpo. Sentí un espasmo y comencé a viajar a una velocidad inaudita. Lo único que podía ver a mi alrededor eran colores que se fueron intensificando hasta llegar a un blanco total. El blanco del vacío. Abrí los ojos y estaba lloviendo. A mi lado había una sepultura. Abrí aún más los ojos para ver el nombre inscrito en la lápida...

-Klas Roland –decía con letra cursiva.

-Al fin descansa en paz –comentó una de las personas que rodeaban la tumba-. Nadie lo conoció realmente. Trabajamos en su compañía por más de treinta años y nunca supo nuestros nombres. Debe haber tenido una vida muy miserable.

-Pobre hombre, murió solo –murmuró una mujer.

Otro golpe eléctrico sacudió mi cuerpo. Nuevamente sentí los espasmos de la energía y me vi nuevamente solo en el sofá... mi rutina al trabajo... un concierto de música... rompiendo una botella en el piso, en la casa de mi infancia junto a mi padre... Tenía los ojos rojos, como si hubiera llorado...

-No sirvió de nada todo lo que viviste ¿cierto? –gritó él alejándose-. ¿Nunca vas a cambiar?

Me vi a mi mismo ponerme de pie y agarrar un objeto contundente para lanzarlo contra un enorme ventanal que estalló en mil pedazos...

Nuevamente los espasmos... otra vez los colores y todo blanco... Abrí con mucha dificultad los ojos y vi a Nicolás jugando con unas cartas sobre la mesa. La máquina lanzaba mucho humo.

-¡Dios mío! ¿qué fue eso? –aullé mientras caía al piso con todo el cuerpo adolorido.

-No te muevas –me indicó Nicolás-, volveré en unos minutos. Puedes sentir algunos calambres, pero relájate, es normal.

Cuando regresó yo seguía en el suelo llorando a gritos.

-No puede ser, no puede ser, no puede ser -repetía sin cesar-. No voy a permitir que mi vida termine así. No puedo creer lo que vi.

-Eres igual a tu padre –aseguró Tesla-, no quieres aceptar la realidad.

-¿Conociste a mi padre? –pregunté sollozando.

-Más que conocerlo –me aseguró.

-¿Él estuvo aquí? –lo interrogué mientras mi corazón se aceleraba-. ¿Por qué vino? ¿Qué paso? ¿Qué le dijiste?

-Todos vienen por la misma razón, quieren conocer el futuro. Él deseaba saber si tú podías cambiar. La respuesta fue simple. Le dije que sólo dependía de ti. Que si tu elección era seguir siendo víctima, la respuesta era un rotundo no.

-¡No es así! –grité-. ¿Cómo pudiste decirle eso? ¡Yo voy a cambiar!

-No le dije que tú no podías. El sacó sus propias conclusiones.

-¡Tú eres el culpable de que él me dejara! -aullé con ira.

-Te ordeno que calles y dejes de una vez por todas de ser la víctima que has sido toda tu vida –lanzó un bramido que se escuchó a un kilómetro de distancia.

Su orden penetró mis células y mi ira se transformó en obediente agonía. Me costaba respirar. La angustia tenía el peso de la gravedad y estaba en todo mi cuerpo.

-No tienes un propósito para vivir –vaticinó Tesla-. Al no tener propósito no hay forma de que cambies, porque nada potencia tu energía. Si no tienes la energía necesaria no podrás traspasar los límites. De nada te servirán los bellos momentos de tu vida, caminar de la mano con tus padres por el parque disfrutando la brisa, escuchar piano en una terraza con tu canción favorita o tener el auto de tus sueños, si no generas la energía para cambiar de paradigmas. Que algo te haga sentir bien o sepas reconocer lo mejor para ti, no significa que tu vida vaya a cambiar. Debes buscar sin cesar tu propósito. Esa es la única forma de recoger la energía necesaria para iniciar nuevos rumbos… el resto es sólo un alivio momentáneo.

Mi angustia iba en aumento…

-Lamento ser yo quien te dé estas noticas -dijo Nicolás-, pero lo bueno de la ciencia es su certidumbre y claridad, creas o no en ella. La ciencia de la vida es que tú decides lo que quieres experimentar, solo tú eres el que maneja el curso que tome tu existencia. Sin propósito, no hay cambios. Lo siento.

Nicolás tapó la gigantesca máquina, apagó las luces y se retiró lentamente dejándome solo... Traté de pararme pero no tuve fuerzas y volví a caer lentamente sobre el piso...

Capítulo 24
ATOMIUM

Pasaron horas... No podía levantarme. En mi mente se repetían los sucesos que había visto en el viaje por el tiempo. Sentía que el dolor muscular y los espasmos no sólo habían estado presentes en las horas anteriores, sino durante toda mi vida. Nunca vi el cuadro completo. Nunca me di cuenta que con querer no bastaba. Jamás me percaté de que vegeté durante una existencia sin propósito. Las palabras de mi padre abarcaban todo mi ser: "¡Su muerte fue tu culpa! ¡Nunca vas a cambiar!".

Sus duras e injustas acusaciones me permitieron sentir su dolor, su decepción, su frustración, su falta de esperanza. Los mismos sentimientos que aparentemente me habían acosado constantemente.

Todo el tiempo que estuve recostado sobre el piso, las palabras de Tesla surtieron su efecto dando temple a mi ser. No estaba seguro si podría cambiar mi futuro, pero no me iba a quedar botado sin luchar. Tenía que hacer algo al respecto. Me puse de pie frente a la enorme máquina y grité…

-¡Volveré y te demostraré que soy capaz de cambiar!

Escuché un sonido que provenía desde el fondo. Era Charles.

-¿Por qué tanta demora? ¿Dónde está Nicolás? -su rostro se veía muy pálido.

-El solamente se fue –dije.

-¿Acaso discutieron?

-No fue nada como para preocuparse. Al contrario, me dijo cosas que me hicieron ver la realidad desde otro ángulo.

-Perfecto. Aunque hay veces que no puedo entender a ese hombre - dijo moviendo la cabeza-, en esta oportunidad comprendo perfectamente cómo actuó sobre ti. ¿Bueno, te parece si conversamos hasta que comience el próximo acto?

Salimos al pasillo y nos vimos rodeados de personas ansiosas por llegar al lugar donde se iba a desarrollar el evento. La emoción estaba presente en el ambiente, potenciándome para comunicarle a Charles que construiría un nuevo futuro. Estaba seguro que la predicción del físico no se cumpliría. Me sentía lleno de esperanza y sueños.

-Voy a ocupar todo lo que me ha entregado La Academia para cambiar —prometí-. No quiero estar nunca más solo en mi vida. Me he jurado a mi mismo que voy a cambiar.

Parecía un pequeño que entraba por primera vez a una juguetería, emocionado con todo lo nuevo. Charles me miraba, pero se notaba distraído.

-¿Escuchaste lo que te dije? Voy a cambiar —murmuré esperando su apoyo.

-Estoy contento de que estés emocionado por cambiar —me aseguró aunque no se notaba para nada su alegría-. Pero déjame hacerte una pregunta. ¿Cuantas veces te has propuesto cambiar, pero luego el resultado ha sido el mismo?

Sentí que mi emoción se desvanecía.

-Lo sé, pero esta vez es diferente, voy…

-Sé cómo te sientes y genuinamente estoy contento por tú emoción —me interrumpió-. Pero tengo mis canas y sé por qué te lo digo. Has soñado con cambiar y has visto cómo tus buenas intenciones se esfumaron a la luz del día siguiente. Esta determinación la has tenido antes y el resultado ha sido siempre el mismo. Estoy contento y no quiero destruir tus sueños, pero sé que aún necesitas aprender mucho más para realmente concretar el cambio. Confía en mí, por eso es que aún seguimos aquí. Estás aprendiendo de los mejores.

De repente me percaté que caminábamos por un pasillo de aluminio. Metros y metros hasta salir a la luz en un lugar rodeado de hermosos árboles, donde quedé impresionado con una estructura gigantesca de cristal y acero…

-Este es el Atomium del parque Heysel —me explicó Charles-. Tiene 102 metros de altura y fue construido para la Exposición General de Bruselas en 1958. Se compone de nueve estructuras circulares que representan átomos ampliados 165 mil millones de veces.

Contemplé asombrado cómo las monumentales bolas plateadas de unos veinte metros de diámetro brillaban bajo el sol… Todas estaban revestidas de una aleación de aluminio, según me explicó Charles, que les daba ese aspecto deslumbrante.

-Durante el día reflejan el cielo, el sol, las nubes —me dijo- y en la noche, las luces se mueven alrededor de las esferas imitando la rotación de los electrones en torno al núcleo del átomo... Estas maravillosas bolas representan la importancia que tiene para el futuro del mundo el conocimiento de la estructura de la materia y la utilización pacífica de la energía atómica.

Al llegar nos encontramos con un ascensor que nos llevó velozmente a la cumbre. A la entrada de la esfera principal quedé impresionado por lo que mis ojos percibían. El interior estaba iluminado con destellos de luz que provenían del techo que imitaba un luminoso cielo. La amplitud de la sala era la de un auditorio de clase mundial, con una capacidad de aproximadamente quinientas personas cómodamente instaladas en mullidas butacas.

-¿Impresionante no es cierto? Por nada del mundo dejes estas sillas, volveré enseguida –me solicitó Charles luego de que nos instaláramos en primera fila, donde había asientos reservados para nosotros.

Me quedé por unos minutos observando el Salón Tesla. En el escenario había una bola enorme y varios tubos de los cuales emergía humo blanco casi transparente. Personas de cotona conversaban poniéndose de acuerdo con el orden de los instrumentos. Las voces y risas sellaban el júbilo de los espectadores. Mirando detalladamente el lugar noté un póster en el muro que llamó de inmediato mi atención. Era una abeja volando y abajo tenía una leyenda.

-Aerodinámicamente el cuerpo de una abeja no está hecho para volar –decía-, lo bueno es que la abeja no lo sabe.

En ese instante un joven se acercó...

-Gran frase ¿no? –me comentó-. La ley física dice que una abeja no puede volar, cada principio aerodinámico dice que la envergadura de sus alas es muy pequeña para mantener su enorme cuerpo en vuelo, pero una abeja no lo sabe, no comprende la física, ella vuela de todas formas y eso es lo que todos debemos hacer: olvidarnos muchas veces de lo físicamente imposible.

La idea quedó rebotando en mi cabeza...

En ese instante una mujer de vestido naranja y acento belga se acercó presentándose.

-Mi nombre es Lina Moos –me dijo y apuntando al joven agregó-. El es Mariano, mi ayudante. ¿Sabes quién soy?

-Eh, no, perdón.

-¿No te suena Moos? ¿Lina Moos? -me interrogó Mariano-. ¿La seudocientífica más famosa del mundo?

Ella me observaba esperando que mi reacción cambiara al escuchar su última frase. Los miré a ambos sin alterar mi expresión.

-¿Charles no te explicó que nos reuniríamos cierto? —me interrogó ella.

-No, no me dijo nada.

Lina sonrió y miró a su ayudante

-Mariano, nuestro amigo no sabe que es el plato principal. Charles no le dijo nada.

-¿No le dijo nada de nada? -exclamó él asombrado.

-¡Nada de nada!

Ambos se rieron y yo los miré bastante preocupado.

-Perdonen que intervenga en su divertida conversación —les dije enojado-. ¿Qué es lo que debería saber? ¿A qué se refieren con participante? ¿Qué es todo?

-¿Sabes el tamaño de tu cabeza? —me interrumpió Lina como si no me hubiera escuchado.

-¿Ah?

-¿Cuánto mide tu cabeza? -insistió ella seriamente.

-No tengo la menor idea. No es algo que me interese mayormente. ¿Para qué quieres saberlo?

Sin que ninguno de los dos disipara mis dudas, me llevaron al centro del escenario ubicado detrás de dos pesadas cortinas que nos separaron del ardiente público que esperaba la función. Yo no opuse resistencia. Me sentaron en una silla mientras Mariano iba a buscar una cinta para medir mi cabeza. Luego pusieron un pesado cintillo de cables y piezas metálicas rodeando mi frente.

Alguien colocó su mano sobre mi hombro. Era Charles, que había aparecido como por arte de magia... como se daban las cosas habitualmente en La Academia...

-No discutas nada, recuerda tu promesa —me pidió-. ¿Quieres probar que estás listo para un verdadero cambio? Entonces haz lo que te digan.

Se apagaron las luces. Sólo un potente foco apuntaba a Lina Moos. Mariano terminó la conexión en mi cabeza y se retiró diciendo "nunca te olvides de sonreír".

En ese momento se abrieron las cortinas y Lina tomo la palabra.

-Muchas gracias queridos alumnos y alumnas. ¡Hoy serán testigos del mayor avance de la ciencia!

La euforia de los presentes aumentaba mientras cuatro jóvenes traían un par de enormes pantallas que quedaron a mi lado.

-Esta noche serán testigos del nacimiento de una tecnología que revolucionará la vida humana. Como también podrá quitársela... Este bello aparato se conectará con el cerebro de una persona transformando sus pensamientos en realidad. ¡Pero cuidado!, todo será tan real, que en caso de morir en sus pensamientos… también lo harán en la vida concreta.

Yo sentí que se me paralizaba el corazón…

-Así es, tenemos una gran sorpresa para ustedes –anunció Lina-. ¡Un invitado especial será el primero en el mundo en ocupar esta tecnología! Una persona que escogimos de la audiencia, alguien como ustedes ¡El será el primero en vencer los limites invisibles! ¡Por favor, demos un caluroso aplauso a nuestro valiente invitado que se acaba de unir a la familia científica!

Lina mantuvo un corto silencio que aumentó la expectación de la concurrencia, mientras yo me sentía cada vez más nervioso y asustado frente al inesperado experimento…

-Pero antes de comenzar –continuó- hay algo que les debo contar. Sepan que la realidad está en cada uno de ustedes. Somos nosotros a través de nuestras conductas los que vamos provocando reacciones y construyendo nuestra relación con el mundo. Estos comportamientos vienen de los pensamientos, que generan motivaciones que nos van moviendo, capturando momentos y dejando pasar oportunidades. Estos pensamientos convertidos en actitudes y conductas son los principales obstáculos que nos impiden, muchas veces, alcanzar nuestros sueños. Se convierten en límites que se construyen conforme vamos avanzando en la vida, mediante la experiencia, mensajes, calificaciones o simplemente a través de la cultura en que nos tocó vivir, que impregna nuestro inconsciente provocando los prejuicios mentales que en general inhiben nuestra actitud, manifestándose inicialmente en sugestiones y luego en emociones y conductas…

Lina volvió a callar recorriendo con la mirada al numeroso público que la escuchaba…

-Las emociones positivas son las que nos hacen sentirnos alegres, en paz, satisfechos de la vida y provocan actitudes y conductas positivas –explicó-, que irradian a las personas que nos rodean el contento que sentimos. Las emociones negativas, que obviamente son necesarias para tomarle el peso a las emociones positivas, son las que nos hacen sentirnos abatidos, melancólicos, enrabiados, envidiosos, celosos; y provocan actitudes y conductas negativas. Estos límites invisibles son grandes frenos o impulsos que nos impiden o nos ayudan, según el caso, a concretar o evitar situaciones y conductas. Las sugestiones permanecen en nuestro inconsciente y de repente, las emociones negativas aparecen cuando menos las necesitamos…

Lina dejó de hablar contemplando al público…

-¡Y lo peor de todo! –exclamó dramáticamente-, la mayoría de las veces no nos damos ni cuenta que estamos siendo manejados por nuestro inconsciente. Para vencer estos inhibidores de nuestros logros o anhelos debemos tener consciencia de que ellos existen, que están escondidos en nuestro inconsciente y que generarán la acción o inacción deseada o indeseada.

Lina me apuntó y el reflector se dirigió directo a mis ojos nublando absolutamente mi vista.

-Ahora lo verán –concluyó-. ¡Que empiece la función!

Al son de una ola de aplausos, Mariano se acercó a mí.

-Klas –me advirtió-, cuando te conectemos esto no será una simulación. Lo que pienses se convertirá en realidad. No tengas miedo. Estaré aquí para desconectarte en caso que te descontroles. Estás totalmente seguro. No voy a dejar que nadie te lastime. Sólo haz lo que te diga, nada más. Escucharás mi voz como si viniese del cielo.

Sentí un golpe de corriente y desaparecieron los gritos de la multitud, los sonidos de las maquinas, la presencia de Lina y de Mariano. Todo se había ido. De pronto, desde lo alto una luz se acercó a toda velocidad y me enfocó. Parpadeé y entré a un mundo fantástico… Los colores eran intensos y había objetos flotando de los cuales emergían risas como si tuviesen vida.

-¡Klas! ¡Ayuda por favor! ¡Klas! –escuché a alguien gritando.

Inmediatamente miré a un costado y vi a un niño siendo perseguido por una gigantesca araña. Mi cuerpo se paralizó…

-Klas, soy Mariano –sentí su voz viniendo desde arriba-. Escúchame. Sólo escúchame. Este es el momento de la verdad. ¿Ves al niño que está frente a ti? Ese niño eres tú.

El extraño aroma, los colores, la incoherencia de lo que ocurría me provocaron una enorme ansiedad. Era todo tan real.

-Lo veo –murmuré con voz temblorosa.

-Bien –asintió Mariano-, ahora quiero que te enfoques en él. Para salvarlo debes bloquear todo lo que te dice tu mente y sólo escuchar mi voz. Necesito que bloquees los sentimientos que tienes y recurras a tu coraje. ¿Hasta ahora me estás siguiendo?

Hice un gesto afirmativo con la cabeza.

-Sigue mirando al niño. Pretende que si no lo salvas… morirá…

Respiré profundamente para armarme de valor. Podía ver a mi pequeño yo.

-Escucha Klas, esto es lo que vamos a hacer. Debes creer que la araña no existe y caminar lentamente hacia adelante. Lo único que debes hacer es creer que la araña no existe –repitió-. Todo lo que estás viendo es una imagen de tu cerebro y la araña, que representa tus miedos, estará ahí sólo si tú lo crees. ¿Me comprendes? ¡Haz lo que digo y camina lentamente eliminándola! ¿Entiendes?

Me quede paralizado. Ninguna parte de mi cuerpo podía moverse.

-Klas -dijo la voz del cielo-, debes caminar hacia adelante. El pequeño no puede luchar contra la araña sin tu ayuda. Lo único que debes hacer es dar un paso hacia adelante. Repito, la araña no existe. Es una creación de tu mente. Tu meta es solamente llegar al niño.

Di el primer paso, pero no avancé más que unos centímetros.

-Vas muy bien –me alentó Mariano-. Sólo mira al niño. Tienes el control, estás en tu mente.

Dando los próximos pasos sentí como el miedo invadía mi cuerpo y me detuve. No podía avanzar.

La voz del cielo cambio y ya no era de Mariano. Era Lina.

-Debes hacerlo –me alentó-. Para lograrlo estamos aquí. No permitas que Nicolás tenga razón. Para cambiar debes avanzar. Esta es tu oportunidad. Si logras salvar al niño te salvarás a ti mismo.
Di un paso adelante y la agresividad de la araña aumentó…
-Uno más –enfatizó Lina-. Debes hacerlo, no hay vuelta atrás. Si mueres en tu mente mueres en la vida real.
Lentamente fui avanzando. Cada palabra me ayudaba a seguir.
-¡Escucha! Ya estás muy cerca. Llegaste aquí por tu cuenta. Ahora te toca a ti dar el salto. ¡Ve… ahora!
Una fuerte sensación de miedo se exacerbó. Mi entorno se oscureció. La araña parecía aún más grande.
-¡Mira al niño! -la voz de Lina retumbaba en el infinito.
Cerré los ojos y comencé a avanzar.
-Bien Klas. Bien. Ahora sólo mira al niño.
Cuando abrí los ojos la araña estaba próxima. Veía la imagen del científico diciendo que nunca podría cambiar. Que era mi destino. Sentí una extraña sensación de coraje. Mire a mi izquierda y Nicolás estaba ahí.
-Demuéstralo –gritó.
Seguí caminando…
Un paso más…
Otro…
Cuando ya estaba muy cerca, la araña se movió. Caí al piso y justo cuando me iba atacar sentí una fuerte descarga eléctrica…

Capítulo 25
GLOCK 9mm

Cuando volvió la luz con una fuerte exhalación, Mariano ya me había desconectado. Miré a mi alrededor y pude ver a las personas, pero mis sentidos volvían lentamente.

-¡Demos un aplauso de bienvenida Klas! –pidió Mariano.

El público se paró a aplaudir. No sabía si era por lo impactante de la tecnología o por mi cobardía/valentía. Entre los aplausos, Lina se acercó...

-Llegaste más allá de donde pensé lo harías –me susurró orgullosa al oído.

-Pero no pude cambiar...

-Ya sabes que para cambiar necesitas algo más...

-Gracias Lina.

-De nada –me contestó ella-. Y ahora quiero explicarte un poco más acerca de las emociones positivas... Necesito que entiendas que crean un estímulo en tu cerebro que te hace sentir bienestar y sensaciones agradables. Sin embargo, es fundamental distinguir una emoción positiva de una adictiva y condenadora como el sufrimiento. Todos conocemos a personas que disfrutan siendo pesimistas y negativas, porque de alguna manera imprecisa obtienen una extraña recompensa al sentirse así. Y también están las emociones positivas rápidas basura, que se obtienen practicando conductas autodestructivas como jugar solitario en el computador sin parar, beber mucho alcohol, fumar...

-No sabía que se llamaban emociones rápidas basura –musité.

-Sí, así las denominamos en La Academia y es necesario que identifiques qué emociones son realmente positivas y cuales te producen a mediano y largo plazo malestar e infelicidad. Por muy bien que te sientas fumando, por ejemplo, debes ser consciente que estarás mucho más pasivo y cansado a futuro que en la actualidad. Y ya no hablamos de diez o veinte años, si es que llegas, porque esas emociones positivas basura rápida que obtienes fumando te pueden llegar a matar, aparte que te debilitan lentamente sin que te enteres...

En el mismo momento en que el público se puso de pie para aplaudir las últimas frases de Lina, se abrió violentamente la puerta la sala y apareció el fiscal Ken del condado de Nueva York disparando hacia el techo con una pistola Glock 19 de nueve milímetros.

-¿Qué pasa? –exclamé impactado, sin poder creer lo que veía…

-No sabes lo difícil que fue llegar hasta aquí –gritó Ken subiendo violentamente al escenario y apuntándome con la pistola a la cabeza-. La investigación te declaró culpable y vengo a hacer justicia. Deja de escapar como lo has hecho toda tu vida. Nunca pensé que los ricos fueran tan inteligentes como para esconderse en una academia mágica. ¡Quién lo diría!

-¡No tengo nada que ocultar! No he matado a nadie –exclamé.

Lina, Mariano, Charles y el público miraban impactados la escena que se desarrollaba ante sus ojos.

En ese instante se abrió la puerta principal y entró mi padre…

-¡Ken! si a alguien debes buscar es a mí –aseguró.

-¡Nooo! ¡Papá, qué estás haciendo!

-¡Tu hijo es el culpable! –siguió gritando Ken-. Toda su vida ha sido un cobarde escapando de sus miedos… ¡Si él es el asesino debe pagarlo!

-¡No sabes nada! –aulló mi padre.

-No tengo idea de qué estás hablando –encaré a Ken acercándome a mi padre para abrazarlo y luego ponerme delante de él… como un escudo…

-¿Ven lo que está pasando aquí? -preguntó Ken-. Tenemos a un cómplice y a un asesino. Klas está formalizado por el asesinato de su familia y su padre es su cómplice. Si alguno de los dos se mueve dispararé.

Entre las personas de la audiencia algunas lloraban y otras se pusieron en cuclillas por si empezaba una balacera. Yo no podía permitir que mi padre fuera a pagar por algo que yo supuestamente había hecho. Debía buscar la forma de sacarlo del medio.

-Ken, es a mí a quien buscas. Déjalo ir y me entregaré.

Percibí la ira en el rostro de Ken y sentí que había perdido la cordura. Se escuchó un disparo que pasó rosando el brazo de mi padre.

-¿Te has vuelto loco? –grité desesperado-. Ken, caminaré lentamente hacia ti, pero déjalo ir…

-Eso es, maldito imbécil. Acércate para que finalmente pagues todo lo que has hecho.

Las lágrimas comenzaron a correr por mis mejillas a medida que me iba acercando. Recordé pasajes de mi vida: los momentos con mi madre, con mi abuelo en la playa, cocinando con mi padre…

Llegué a un metro de Ken. El apuntaba su arma directamente a mi cabeza. Yo sabía que ese tipo de armamento tenía pocos tiros disponibles, así que utilizando mi poder de análisis y deducción, junto con la fuerza del amor filial que me inoculó grandes cantidades de energía, agarré su brazo, apunté hacia arriba y grité…

-¡Corre papá! ¡Sálvate y vive!

En ese instante Charles lanzó un alarido y escuché cómo de la Glock escapaba la última bala, en ese espacio que sólo unos minutos antes estaba colmado de risas y aplausos…

Capítulo 26
EL ORIGEN

Por unos instantes sólo percibí una luz blanca que se proyectaba hacia el infinito. Lentamente abrí mis ojos. Lo primero que vi fue el rostro de Mariano. Miré lánguidamente a mí alrededor…

-¡Demos un gran aplauso a Klas, nuestro protagonista! –solicitó Mariano; y el público se levantó como una avalancha aplaudiendo eufóricamente.

-Lo anterior fue entonces… -murmuré.

-Sí, en esta oportunidad viviste una total fantasía –me confesó Lina mientras las personas aplaudían. Sabía que lo lograrías –me susurró orgullosa al oído.

-¡Lo sabía! -gritó Charles desde el fondo.

Lina tomo el micrófono y pidió silencio…

-Señoras y señores. Sus ojos fueron testigos de la importancia de tener un propósito. En nuestra primera escena Klas tuvo claro que estaba en un sueño y que la imagen de su pequeño yo y la araña eran irreales. Sin embargo, aunque sabía que todo estaba a su favor, apenas logró vencer el miedo que sentía, apenas consiguió vencerse a sí mismo.

-En la segunda escena –tomó la palabra Mariano-, Klas supuso que todo era real. Salvar a su padre fue su intención y demostró la importancia de tener un propósito. Gracias a la ciencia todos ustedes vieron su tremendo poder. Demos un nuevo aplauso a nuestro protagonista… ¡Klas Roland!

La multitud se puso de pie. Sentí una sensación espectacular. Todos aplaudían con entusiasmo. Luego, nos despedimos con un abrazo de Lina y Ramiro.

-Mil gracias –les dije con afecto.

-Cuídate Klas, te va a ir muy bien –me susurró Lina.

-Estoy seguro de eso –acotó Ramiro.

En ese momento se acercó Adrianne y me dio un fuerte abrazo.

-Sabía que lo lograrías –dijo y sin más explicaciones se alejó riendo.

Charles me ayudó a bajar del escenario ante mi evidente agotamiento tanto físico como mental. Ambos nos veíamos destruidos mientras nos retirábamos lentamente, atravesando un túnel hasta llegar a una banca ubicada en uno de los jardines de La Academia.

-Por un momento imaginé que escaparías –bromeó Charles-. Pensé que correrías como una niña…

Ambos lanzamos una carcajada…

-Lo hiciste bien hijo…

-Muchas gracias amigo.

-No sabes lo feliz que me siento. Estaba seguro que habías aprendido todo lo que te enseñé. En las acciones de la vida es fundamental tener siempre una intención. Y para que las cosas cambien, cuando uno así lo decide, también es primordial tener claro el propósito. Sin esto no se generaría la energía necesaria para seguir adelante. Ahora nos toca entender lo que viene, que es más sencillo.

-¿Lo que viene?

-Si. Lo que viene. Para ello es necesario que vayamos a un lugar y lo veas con tus propios ojos.

Nos levantamos y comenzamos a caminar. El haber sentido que estaba a punto de morir me hizo valorar la brisa, el olor del otoño y sus colores, como nunca antes lo había hecho. Tras recorrer un trayecto lleno de luces y matices llegamos a un amplio espacio donde muchos jóvenes y jovencitas reían, conversaban, se abrazaban y manifestaban su alegría de vivir sin tapujos. Una mujer delgada, de pelo castaño, anteojos de carey y amplia sonrisa los miraba desde lejos.

-Ven –me dijo Charles-, te voy a presentar a Margaret, una destacada profesora que trabajó durante muchísimo tiempo en una prestigiosa universidad alemana, donde obtuvo gran experiencia en la aplicación de una ciencia denominada Psicología Positiva.

-¿Y qué quiere decir eso? –pregunté intrigado.

-Ella misma te lo va a explicar –dijo Charles acercándose a la mujer y abrazándola con cariño-. Hola Margaret, te presento a Klas Roland. Quiero que le expliques lo que has descubierto en tus investigaciones.

Ella me saludó con una cálida sonrisa…

-Hola Klas –me dijo para de inmediato explayarse sobre el tema que obviamente la apasionaba-. Todo esto partió en 1998, cuando el psicólogo Martin Seligman, junto a su colega croata Mihàly Csikszentimihàly, llegó a la conclusión de que la psicología había estado centrada en el estudio de la enfermedad en vez de ocuparse de las emociones positivas.

En sus últimos trabajos, me explicó Margaret, Seligman sostuvo que la Psicología Positiva debía centrarse en el estudio del bienestar...

-¿Te das cuenta de lo interesante y revolucionario que es este concepto? –me preguntó Charles.

-Sí, genial –aseveré.

-Su teoría –continuó Margaret- se centra en cinco elementos: las emociones positivas, el compromiso, los vínculos positivos, el significado y el logro. Yo considero que el significado tiene mucho que ver con lo que en La Academia nombramos como el propósito...

-Sí, efectivamente está íntimamente relacionado con ese concepto – intervino Charles.

Uno de los principales aportes de la Psicología Positiva hasta la fecha –continuó ella- ha sido consolidar el interés por los aspectos positivos del psiquismo, difundiéndolos tanto dentro de la comunidad científica como a nivel de la sociedad en general.

-Margaret ha estudiado mucho en este ámbito -explicó Charles-. Y ha llegado también a la conclusión de que es necesario abrir paso a las emociones positivas, ampliándolas e incluso creándolas. ¿Ves la relación con todo lo que hemos conversado antes?

-Sí, claro –respondí aunque no estaba muy seguro. Ella se dio cuenta de mis dudas y siguió tratando de hacerme entender su teoría...

-Según Bárbara Fredrickson –me informó Margaret-, una destacada profesora que trabaja en la Universidad de Carolina del Norte, "las emociones positivas se sienten y funcionan de manera distinta al resto de las emociones". Ella ha descubierto que nos hacen sentir seguros y expanden nuestras opciones, ideas y nuestra manera de reaccionar. Además, están relacionadas con la capacidad de vivir el presente, el ahora, el llamado awarness...

-Fuera de eso –agregó Charles-, la doctora Fredrickson considera que las emociones positivas aumentan nuestro repertorio cognitivo y desarrollan nuestros comportamientos. Asegura que incrementan nuestra atención, mejoran nuestra memoria, nuestra fluidez verbal y nuestra apertura mental hacia nueva información.

-¡¡¡Qué espectacular!!! —exclamé maravillado, sintiendo que sus palabras penetraban profundamente en mi mente y me llenaban de esperanza, alegría y optimismo… Había entendido perfectamente lo que podría significar la aplicación de la Psicología Positiva.

-Según esta importante investigadora —especificó Margaret-, las emociones positivas tienen el poder de deshacer los efectos fisiológicos de las emociones negativas, como la ansiedad. Ella investigó el tema y descubrió que las emociones positivas crean nuevos recursos personales y sociales.

-¿Usted podría darme algunos ejemplos de emociones positivas? —le pregunté encantado con la información que me estaba entregando.

-Bueno Klas —me dijo cariñosamente-. Te las voy a enumerar una por una sin darte mayores explicaciones porque a ti te toca reflexionar sobre cada una de ellas para ir cultivándolas en tu interior. Las emociones positivas que se mencionan habitualmente son la alegría por los logros personales y de otras personas, la satisfacción de haber llevado a cabo una labor que nos parece valiosa e interesante, la confianza en uno mismo, agradecer todos los días por lo que tenemos, perdonarnos a nosotros mismos y a los demás y el sentido del humor… Ser capaces de reírnos de nosotros mismos nos ayuda a ver nuestros errores con mayor claridad…

Margaret guardó un corto silencio que Charles aprovechó para intervenir…

-Un concepto que a mí me fascina en la teoría de Fredrickson es el saboreo —dijo chasqueando la lengua y sonriendo-. Tiene que ver con disfrutar plenamente cada experiencia y cada recuerdo. Margaret ha practicado pequeños ejercicios con sus alumnos para enseñarles a disfrutar y aumentar el saboreo... Por ejemplo, tener una interesante conversación con un amigo o una amiga, dibujar, darse un rico baño de tina con sales y aromas, anotar en un papel todas nuestras buenas cualidades, meditar, recibir un masaje, bromear, demostrar amor, cariño y simpatía…

-Aunque suene repetido hasta el infinito —enfatizó Margaret-, es necesario aprender a querernos, a respetarnos, a hacernos cariño y a ser comprensivos con nosotros y con los demás. Si todos los días practicamos con sentir emociones positivas, sin duda nuestra calidad de vida mejorará visiblemente. Vengan, vamos a recorrer este espacio lleno de estudiantes…

-Estamos en el Campo de los Talentos –me informó Charles-. ¿Ves a todos estos jóvenes? Quiero que los observes cómo disfrutan el presente, manifiestan su alegría, su admiración y su amor. Al vivir el aquí y el ahora van emergiendo sus talentos y la importancia de conocerlos.

Esto último lo dijo mostrándome a una jovencita que jugaba tenis con maestría, disfrutando profundamente cada movimiento de su cuerpo y a un niño que tallaba sobre un trozo de madera, que visiblemente se estaba convirtiendo en una hermosa escultura. Mi vista los abarcó a los dos, para luego posarse sobre una muchacha que tejía sentada sobre un banco y otra que sobaba con entusiasmo una esponjosa masa sobre una mesa de madera, al lado de un horno de barro. Un chico estaba sentado en un escritorio al aire libre escribiendo un cuento en su computador, mientras su compañero, parado frente a un atril, pintaba un paisaje con múltiples tonos de acrílico y una joven tocaba piano en dúo con otra que sacaba una hermosa melodía de su violín. A su lado, un profesor se mostraba visiblemente orgulloso de las habilidades de sus alumnos.

-Si no descubrimos ni ocupamos nuestros talentos –advirtió Charles siguiendo mi mirada-, nos agotamos y perdemos energía. Existe un principio simple, cada uno de nosotros tiene una habilidad única. Si la vida fuera como este espacio de sana entretención, todo sería más fácil. Las personas tomarían el camino inteligente, donde el esfuerzo se multiplica. Yo no lo hice… Cometí el error de corregir todo lo que mi hijo hacia... Nunca potencié sus aptitudes y por eso lo perdí…

Los ojos de mi amigo se humedecieron y su mirada se perdió en lontananza… Margaret aprovechó el momento para despedirse con un abrazo y un cariñoso "hasta pronto, tengo que supervisar a un joven que necesita ser reforzado en sus capacidades".

-Nadie nos enseña a ser padres –murmuró Charles mientras ella se alejaba-. Nadie nos muestra cómo vivir sanamente. Pero todos poseemos algo que nos hace únicos. Eso es el talento. A veces tenemos la suerte de encontrarlo prematuramente. Otros jamás lo descubren. Si tienes un propósito y sabes cuál es tu talento, todo será más fácil y dotado de hermosura.

Capítulo 27
EL CAMINO AL ÉXITO

-¿Qué diferencia a alguien que puede mantenerse en el éxito de otro que no es capaz de hacerlo? –le pregunté a Charles mientras seguíamos recorriendo el amplio espacio lleno de actividad-. ¿Son sus capacidades?

-Cerca mi querido Watson –bromeó-. Sin embargo, no son sólo las capacidades, los talentos, sino también dónde y cómo los ocupamos. Hay cuatro tipos de individuos. A los primeros les llamaremos competidores de éxito temporal. Son quienes no tienen un marcado talento, les cuesta mucho, pero sin embargo ocupan toda su energía y tienen altos resultados. Quizás nunca logren llegar a ser los mejores pero sus altos resultados se van a mantener mientras dure su energía.

-Ya –murmuré…

-A los segundos les llamaremos los competidores de excelencia. Son quienes tienen un claro talento, les cuesta poco y con poca energía logran altos resultados. Si ellos ocupan su esfuerzo pueden llegar a ser los mejores del mundo. Normalmente son quienes disfrutan mucho lo que hacen.

A lo lejos se escucharon aplausos. La muchacha había logrado vencer a su contrincante jugando tenis…

-A los terceros les llamaremos los competidores sin interés –continuó Charles imperturbable-. Son quienes tienen talento, les cuesta poco y con poca energía logran altos resultados. Pero aún así no ven la razón de esforzarse y no logran tener éxito. La mayoría de estos atletas culpan a los demás de sus fracasos. A los últimos les llamaremos los competidores con límites naturales. Son quienes no tienen un marcado talento, les cuesta mucho y pese a ocupar toda su energía no tienen resultados.

-¿Y qué es necesario hacer para estar entre los atletas de excelencia? –pregunté.

-La parte mágica es el rol que juega el uso de nuestra energía en esta ecuación. Por más que algo nos guste, si no detectamos nuestro talento nunca podremos estar en la zona de la excelencia, que es la única donde nuestra energía se multiplicará. Si en cambio la ocupamos al máximo en algo para lo cual no tenemos aptitudes, el éxito durará sólo mientras dure la energía; y el agotamiento será inevitable.

-¡Estupendo Charles! –aplaudí-, pero ¿qué sucede cuando no conocemos nuestros talentos?

-Fantástica pregunta –me palmeó la espalda Charles-. Justamente ese es el desafío. Lo más importante de tu vida es descubrir las habilidades que todos tenemos. Búscalas sin cesar antes de que se te acabe el tiempo. Pronto aprenderás cómo ocupar la matriz.

-¿Qué ocurre si uno tiene más de un talento?

-Efectivamente hay personas que tienen más de uno, pero es importante no diversificarse mucho, porque la energía se diluye cuando practicamos demasiadas actividades al mismo tiempo. Entonces, nosotros recomendamos investigar hasta decidirnos por los dos talentos más importantes que poseemos en cada etapa de nuestras vidas. De repente, entramos en otro período y aparece un nuevo talento que no habíamos descubierto. Entonces, lo practicamos y si nos llena de energía quiere decir que es real... Ahora ve, es hora de que elijas...

Bajamos y me apunté para las pruebas. Mientras pasaba por todas las secciones vi que Charles conversaba con alguien. Al terminar de pintar, tallar, tejer, cocinar, escribir, tocar el violín y jugar tenis, dándome cuenta que mis mayores talentos se manifestaban frente al computador y tocando el violín, caminé exhausto hacia Charles y el hombre con el cual conversaba.

-Hey Charles, ¿él es Klas? –preguntó con entusiasmo.

-Efectivamente Ricardo, me preguntaba si podrían conversar. Creo le haría muy bien saber de ti.

-Claro amigo, ¿qué te gustaría que hablara con él?

-Sería interesante que le contaras tu historia antes de formar parte del directorio de La Academia.

Ricardo sonrió, cerró los ojos y movió la cabeza. Se tomó unos segundos, abrió los ojos e hizo un gesto afirmativo. Sin dudas era un tema difícil para él.

Capítulo 28
ESE HIJO ERES TU…

-No es un tema fácil para mí –musitó Ricardo en voz baja-. Son tantos los recuerdos de mi infancia y adolescencia que me acosan… Recién nacido tuve una hemorragia intercraneana que me provocó graves daños en el cerebro. Los doctores dijeron que mi vida iba a ser una tortura y que nunca esperaran nada de mí. Mis primeros recuerdos son de mi madre llorando en soledad. Nunca conocí a mi padre. Vivíamos en un pequeño pueblo donde sólo había una escuela. Mi mamá no me llevó porque le dijeron que jamás podría aprender. Ella trabajaba en una florería y para darle romanticismo a las flores las envolvía en hojas de libros viejos y gastados por el tiempo...
-¡Qué original! –comentó Charles.
-Con mucho esfuerzo –continuó Ricardo-, Marcela, una vendedora de la florería, me enseñó a leer a escondidas de mi madre. Pensaba que si ella se enteraba me lo impediría suponiendo que mi cerebro podía dañarse aún más con el esfuerzo. Cada noche, a la luz de las velas, Marcela me enseñaba a leer y escribir. El proceso fue tan lento que duró casi cinco años. La vida no fue fácil para nadie que estaba en esa florería. Mi madre sufría cada día pensando que debía cargar con el peso de mi enfermedad para siempre. Eso me hería profundamente. Lo sentía como un sable caliente que hacia un orificio en mi alma.
-Y seguiste leyendo –confirmó Charles.
-Sí, seguí leyendo cada página que envolvía las flores. Así me enamoré de la lectura, aunque la sentía como un pecado que debía guardar sólo para mí. Yo pensaba que teníamos la suerte de que nos llegaban los libros reciclados de la escuela y que mi madre los desarmaba para envolver sus flores, pero la realidad era otra... Cuando tenía quince años la crisis azotó nuestra ciudad y mi madre se vio obligada a cerrar su negocio, lo que la afectó tanto que cayó enferma.
-Recuerdo que me contaste que, para pagar su tratamiento, trabajaste como obrero –intervino Charles.
-Sí, efectivamente. Y una noche, acompañándola en su habitación, encontré un libro que nunca olvidaré. Fue tal la conexión que se me

olvidó que mi madre no podía enterarse que sabía leer. Ella se despertó y me vio.

-Hijo –balbuceó-, siempre creí en ti y soñaba con que algún día aprenderías a leer. Siempre he estado muy orgullosa de ti. Naciste diferente, pero eres el ángel que ha demostrado que nada es imposible. Te amo.

-En ese momento sufrió un paro cardíaco y pasó a otras dimensiones en un instante…

Charles y yo permanecimos en silencio, emocionados.

-En el funeral me hice a mí mismo una promesa. Un contrato que firmé con sangre. Su muerte y su sacrificio no serían en vano. Después de ese día, tuve claro que mi talento era mi capacidad de leer muchos libros y no olvidar lo que había aprendido. Leer no me generaba agotamiento y podía pasar horas sin siquiera cansarme. Sin embargo, el proceso no fue fácil, porque las personas chismosas de mi pueblo decían que un fenómeno como yo no podía ser un buen lector. Una tarde decidí dejar mi hogar y me mudé a una pequeña ciudad donde nadie me conocía. Fui el primer bibliotecario de aquel lugar y ahí conocí a Charles.

-Nos hicimos muy amigos –intervino Charles- y me contaste que habías aprendido muchas cosas. Entre otras, que de cierta manera todos tenemos momentos difíciles en la vida. Sólo que algunos nos marcan y empiezan un proceso que crea un propósito. Esta razón crea una energía sin igual que nos hacer recordar cada día por qué estamos aquí.

-No es necesario pasar por una tragedia para tener un propósito – retomó la narración Ricardo-, pero muchas veces es el máximo impulso. Esa energía alineada con mi talento me permitió vivir y llegar a donde estoy. Me convertí en aquel que siempre quise ser y así llegué a ser director de La Academia. ¿Cómo lo logre? A través de la repetición de hábitos se puede cambiar la conducta y, en consecuencia, la actitud. Para lograrlo tiene que existir un profundo estado de consciencia, una motivación y un propósito con mucho sentido, que genere la energía para llegar a la meta. Nadie más que tú construye tu vida, eres ciento por ciento responsable de ti y de lo que te ocurre.

Charles y yo nos quedamos mirando a las chicas y los chicos mientras Ricardo se despedía con un abrazo para atender algunas consultas de los alumnos. Era impresionante cómo las expresiones de los jóvenes cambiaban cuando ellos se daban cuenta de que tenían un talento. Al atardecer vimos como todos los participantes sonreían satisfechos porque habían logrado alcanzar el éxito.

Charles me pidió que camináramos un rato hasta llegar a una de las amplias salas de La Academia. Aprovechamos el trecho para hablar de lo que habíamos vivido. Observamos como muchos alumnos paseaban por los jardines, siempre con una sonrisa y esperanza en la mirada. Me reconocían y saludaban. Uno que otro murmuró "mira, es Klas, el violinista", haciéndome sentir orgulloso de lo que había logrado… A través de una gran mampara de vidrio entramos a un auditorio vacío… Se sentía el silencio…

-Sentémonos en la primera fila –me pidió Charles.

-¿Por qué, acaso estamos esperando a alguien?

El no respondió y me indicó que mirara hacia la puerta, por donde comenzaron a aparecer el profesor Zúñiga, Adrianne, Ramiro, Francesco, Naoki, Lina, Mariano, Ricardo, Margaret y Nicolás.

-Te presento al staff que logro graduarte –exclamó Charles riéndose.

-¿Graduarme?

-Tú querías cambiar. Ellos fueron tus maestros y lo lograste. ¿Acaso crees que ingresaste a La Academia sólo para pasarlo bien? –bromeó

-Bueno –comenté sonriendo-, no podría decir que siempre lo pasé bien…

Charles lanzó una carcajada, me dirigió una mirada cómplice y siguió hablando…

-Debo darles las gracias a todos ustedes por esta oportunidad –expresó-. Su labor realmente hace una diferencia y pueden guardar en su alma la satisfacción y el honor de haber logrado que tantos hombres y mujeres hayan aceptado cambiar. Ese pensamiento genera un impulso que se transforma en energía para seguir ayudando a la humanidad. La mayor fuerza de todas es la generosidad. Es una señal que nos hace ver que somos inmensamente ricos. El que ayuda sabe que es poderoso…. Ustedes son ricos, son líderes y transformadores positivos.

-¿Es posible volver a La Academia una vez que uno se ha ido? –consulté.

-Es una gran pregunta… Y la respuesta en tu caso es "no" –me respondió Ricardo-. ¿Sabes por qué? Porque estos grandes maestros viven en un mundo donde, si te fuera posible volver, no se lograría todo lo que tú y ellos han vivido… Ellos habitan un lugar al que nadie puede acceder fácilmente y sin invitación…

-Ya –musité-. Es como un mundo de ensueño…

Charles me miró asombrado…

-Algo así, pero es absolutamente real –aseveró-, pero ahora quiero mostrarte algo más…

-¿Es sobre mi padre?

-Efectivamente… Muchas gracias colegas por esta gran función –murmuró-. Es hora que Klas sepa la verdad.

-¿De qué verdad hablas? -pregunté expectante y angustiado.

-Como debes haber descubierto en La Academia –dijo Charles mirándome con infinito amor-, te has dado cuenta que todos tenemos espacios de miedo en nuestras vidas. Para neutralizarlos hace falta más que querer. Para avanzar se necesita un propósito y talento para concretarlo. Conociste el poder del cerebro. Sabes secretos que te permitieron cambiar. Todo lo que has visto es real. Pero habíamos dejado una parte importante escondida para lograr darte el mensaje. Hay un capítulo de la historia que debes conocer antes de que nos retiremos... Pequeño Klas, la imagen de tu padre ha estado borrosa en todos tus recuerdos, porque no podías enterarte antes de tiempo de quién es él… Te conté que tuve un hijo que se fue… Bueno… ese hijo eres tú…

En ese momento lo miré a los ojos… y lo reconocí… El estaba muy pálido, pero sonreía…

Capítulo 28
NEW YORK AL DESPERTAR...

Desperté bruscamente con la sensación de volver de un sueño. Al abrir los ojos me encontraba en mi habitación de la clínica. Apenas podía mover el cuerpo, aunque igual sentí tranquilidad. Mi memoria se recuperaba paulatinamente empezando por la imagen de La Academia. Mientras movía lentamente el cuello pude ver el tenue resplandor del amanecer. Mis sentidos comenzaron a activarse. El viaje por La Academia había sido un sueño extremadamente real. Podía sentir que pocos instantes antes había estado con el profesor Zúñiga, con Adrianne, Ramiro, Francesco, Naoki, Lina, Mariano, Ricardo, Nicolás, Margaret y, por supuesto, Charles. Sus rostros estaban grabados con claridad en mi mente; tan profundos que formaban parte de mí.

Recordé las últimas palabras de Charles informándome que mi padre era él...

El reloj marcaba las seis y once minutos de la mañana. Luego de varios intentos me puse de pie con dificultad y encendí la luz. En el colgador estaba la chaqueta que había usado en La Academia. Revisé los bolsillos; allí permanecía el papel... Mire hacia el sillón a los pies de la cama y vi un libro, una hoja con algo escrito y un violín.

Justo en ese momento sentí pasos y lentamente se abrió la puerta. Al ver al profesor Zúñiga entrando a la habitación con un niño pequeño quedé paralizado por la impresión. El chico era yo hace muchísimos años... Sonriendo me dijo "hola, recuerda que me debes un castillo de arena" y me miró fijamente durante varios segundos... Luego salió corriendo...

-¿Qué... pasó? ¿Con... qué? –no podía emitir una frase coherente...

-¿Es difícil asumir que todo fue cierto, verdad? –me comentó Zúñiga sonriendo.

Yo traté de decir algo pero no me resultó...

-Profesor... ¿qué paso en el incendio?

-El incendio fue real y tú te accidentaste al resbalar sobre las baldosas.

-¿Dónde está Charles? –pregunté inquieto, tratando de calmarme. No podía creer que lo ocurrido en La Academia hubiese sido más real que mi propia vida. Necesitaba saber dónde estaba mi padre.

-Charles sabía que salvarte implicaba un sacrificio –me comentó Zúñiga cambiando su sonrisa por una mirada triste-. Llevaba varios años estudiando, viviendo y posteriormente enseñando en La Academia, desde la cual se comunicaba con Patrick para saber de ti. Durante todo ese tiempo planeaba la fórmula para que las personas lograran mejorar y enriquecer sus vidas. Su propósito era conseguir esa meta contigo. Pero cuando se incendió tu casa y tú quedaste inconsciente por el humo en tu dormitorio, se vio obligado a entrar en tu mente para obligarte a reaccionar y escapar del fuego, pero al hacerlo sabía que ese acto tendría un alto precio...

-¿Qué precio? –pregunté angustiado.

-El mayor de todos –respondió con los ojos húmedos-. Charles sabía que al salvarte de esa forma invisible, le quedaría poco tiempo para enseñarte el camino hacia la felicidad, hacia una vida con sentido y propósito... Ese corto tiempo que le quedaba lo compartió contigo en la Academia... Después de confesarte que era tu padre partió hacia otra dimensión...

Una avalancha de fuertes emociones me inmovilizó... Sentí un dolor profundo y repentinamente no pude contener el llanto... Los recuerdos eran tan frescos. En la playa con mi abuelo haciendo un castillo de arena. Con Charles, mi padre, jugando a la pelota. El ultimo paseo con mi madre por el parque. Abrazando a mi papá cuando era muy pequeño...

-No hay forma de hacerlo regresar –aseveró el profesor con voz apenada-, pero mi misión es que su muerte no haya sido en vano. Debo darte el mensaje que tu padre no alcanzó a transmitirte. Por favor, pon mucha atención.

-Hagamos que su muerte no sea en vano –dije sollozando.

-Supongo que sigues guardando el papel en blanco con una cruz en el medio –murmuró sonriendo confiadamente...

-Sí -contesté sin entender por qué cambiaba de tema.

-¿Lo puedo ver? –preguntó.

Saqué el papel del bolsillo de mi chaqueta y se lo entregué.

-¿Ya descifraste para qué es esto? -inquirió.

-No…

El profesor tomó el papel donde había dos líneas que formaban una cruz. Sobre la vertical escribió "energía" y en horizontal puso resultados.

Debajo anotó "propósito y acción" dejando un espacio en blanco, y "mis capacidades: cómo ocupo mis talentos", con otro espacio en blanco para usar.

-Debo insistir en la necesidad de que no olvides nunca que donde se cruzan las líneas energía y resultados –enfatizó- está la única zona donde tu energía se multiplicará. Y también vuelvo a recordarte que si aplicas tu energía en algo no alineado con tu talento, el agotamiento será inevitable.

Zúñiga me miró intensamente a los ojos y guardó un corto silencio…

-Esta es la matriz del éxito natural –agregó enfáticamente-. Esta es la carta de navegación de la vida. Esta es la última lección y el último deseo de Charles fue que yo te la entregara. Esta matriz tiene una función muy especial. Fue diseñada para transformar la vida de las personas sobre la base de sus habilidades naturales.

En ese momento se produjo otro corto silencio y me dio otra mirada penetrante…

-Antes de continuar –especificó Zúñiga- necesito aclararte que debes adquirir un compromiso. Una vez que internalices bien esta matriz, tu labor será difundirla... ¿Me lo prometes?

-Si… dedicaré mi vida a hacerlo. Uno de mis dos talentos es escribir…

-Esa habilidad te permitirá entrar a un mundo espectacular, desconocido para la gran mayoría… Y los que lo conocen lo han olvidado… Tu talento para escribir te permitirá ayudarle a mucha gente a alcanzar el siguiente nivel en su vida. Es un conocimiento que hemos olvidado, aunque nos pertenece desde el minuto en que nacemos y podemos recurrir a su sabiduría todos los días.

-¿Cómo le enseño a las personas a aplicar la matriz?

-Explícales que cada vez que tomen una decisión, en su trabajo, en su vida cotidiana, frente a un problema, anoten su propósito y la acción que necesitan poner en práctica para que puedan aplicar su energía al talento que corresponde en ese caso. Para eso está uno de los espacios en blanco. Y en el otro deben analizar cómo ocupan sus talentos para conseguir sus propósitos.

-¿Y cuando el papel se llene, qué se hace?

-Se recurre a otro papel con la cruz en el medio –advirtió el profesor riendo alegremente-. Es necesario que tú y las personas a las cuales quieres ayudar sepan que, cuando comienzan a sentir agotamiento, quiere decir que están aplicando su energía en algo que no tiene nada que ver con sus talentos… ¿Está claro?

-Sí…

-Si somos constantes, muy pronto iremos descubriendo cuáles son nuestras habilidades. Si las alineamos con un propósito, el mundo estará a nuestros pies. Posteriormente la creación de hábitos nos permitirá potenciarnos. Este es el hallazgo de tu padre… y dio la vida por él…

El profesor respiro profundamente en señal de alivio.

-Hay algo que debes saber. Charles me eligió a mí y yo te escogí a ti. Recuerda siempre que a ti también te toca designar a la persona a la cual le ayudarás a cambiar su vida. Debe ser alguien que te importe. Selecciónala sabiamente… Después de eso, podrás ocupar tu talento para escribir y difundir lo que tu padre te ha legado…

-Muchas gracias profesor. Lo hare -respondí emocionado.

-Ya tienes el conocimiento. Confía en lo que has aprendido, úsalo y podrás pasar al siguiente nivel en tu vida.

Tomé el papel y lo sellé con una lágrima que hablaba de mi alma. Alcé la mirada hacia Zúñiga y nuevamente le di las gracias.

-Nunca dejes de creer. Es creer para ver –pronunció el profesor… y desapareció…

Un rayo de sol entró por ventana para recordarme que se iniciaba un nuevo día en la ciudad… Tantas personas levantándose sin un propósito más que pagar cuentas. Cuanta belleza en cada segundo de nuestras vidas sin poder verla. Tantas capacidades perdidas por la velocidad de la inconsciencia, por estar dormidos... Tanta ideas y talentos enterrados sin haber conocido la luz. Tanta ceguera ante la verdadera vida.

Las sombras de Manhattan se iban poblando de personas que empezaban un nuevo ciclo. Pero este día sería diferente para mí.

La luz del sol apuntó hacia el sillón donde permanecían el libro, el violín y un sobre con una carta. Me acerqué tímidamente y comencé a leerla. Con una bella caligrafía de color verde me sorprendió un mensaje…

-Hijo –decía-, si estás leyendo esto es porque no logré permanecer a tu lado en tu regreso. Sin embargo, la vida me dio la magia de viajar al futuro y acompañarte con estas palabras. Hay muchas cosas que nunca vamos a entender. Hay razones creadas más allá de lo que conocemos y nos hacen cuestionarlo todo, pero hay algo que pude aprender durante el tiempo que viví en La Academia, impulsado por el profesor Zúñiga. Mi niñez no fue fácil, como la tuya tampoco lo fue. Pero la vida nos hace una pregunta que nosotros elegimos responder: ¿somos o no víctimas? Sólo gracias a mi aprendizaje en La Academia decidí dejar de ser víctima y mi vida cambió para siempre.

Me detuve un rato en la lectura porque tenía los ojos llenos de lágrimas…

-Me habría encantado compartir esta nueva vida contigo –continué leyendo-, pero no se me ha permitido esa opción. Sé digno de la nueva existencia que se abre ante tus ojos. Y recuerda que hay una diferencia gigantesca entre vivir y sentirse vivo. Nunca seas víctima, decide cuál es tu propósito y busca el talento para concretarlo. El resto… se llama vivir. Gracias por ser mi propósito y permitirme vivir. Con amor, Charles, tu padre…

Cerré los ojos con la mayor fuerza que había sentido en mi vida. El llanto ya no tenía espacio y la emoción llenó mi cuerpo… Sonreí… Al dejar la misiva de mi padre sobre la mesa vi que tenía algo escrito al reverso: "P.D.: Nunca dejes de creer. Para eso están el libro y el violín".

Tomé el libro y vi asombrado que tenía todas las páginas en blanco. En la primera, una corta frase en letra cursiva me llenó de entusiasmo: "Klas, tú debes escribirlo".

Sonreí esperanzado y tomé el instrumento con delicadeza sabiendo que sería el latente recuerdo de que podía vencer los límites invisibles. Me puse de pie y toqué una bella melodía. En ese instante, Patrick entró a la habitación… Detrás de él venía Daniela… Daniela, la joven que me había entregado la visa, Daniela, mi primera novia, Daniela, el amor de mi vida...

-No puedo creer que estés vivo y despierto –exclamó Patrick abrazándome cariñosamente-. ¡Qué feliz me siento, amigo mío! ¡Que feliz me siento!

Mirando a Daniela se apartó a un lado sonriendo abiertamente.

-Te traje una sorpresa –murmuró jocoso.

Daniela me miró con esperanza y optimismo. Tal vez había otra oportunidad de encontrarnos...

La miré a los ojos y la reconocí...

-¿Qué es esto Klas? –me preguntó Patrick agachándose para recoger el papel con la cruz que había resbalado desde el sillón...

Sonreí, miré el libro, luego el violín y contesté...

-Muy pronto lo sabrás...

FIN